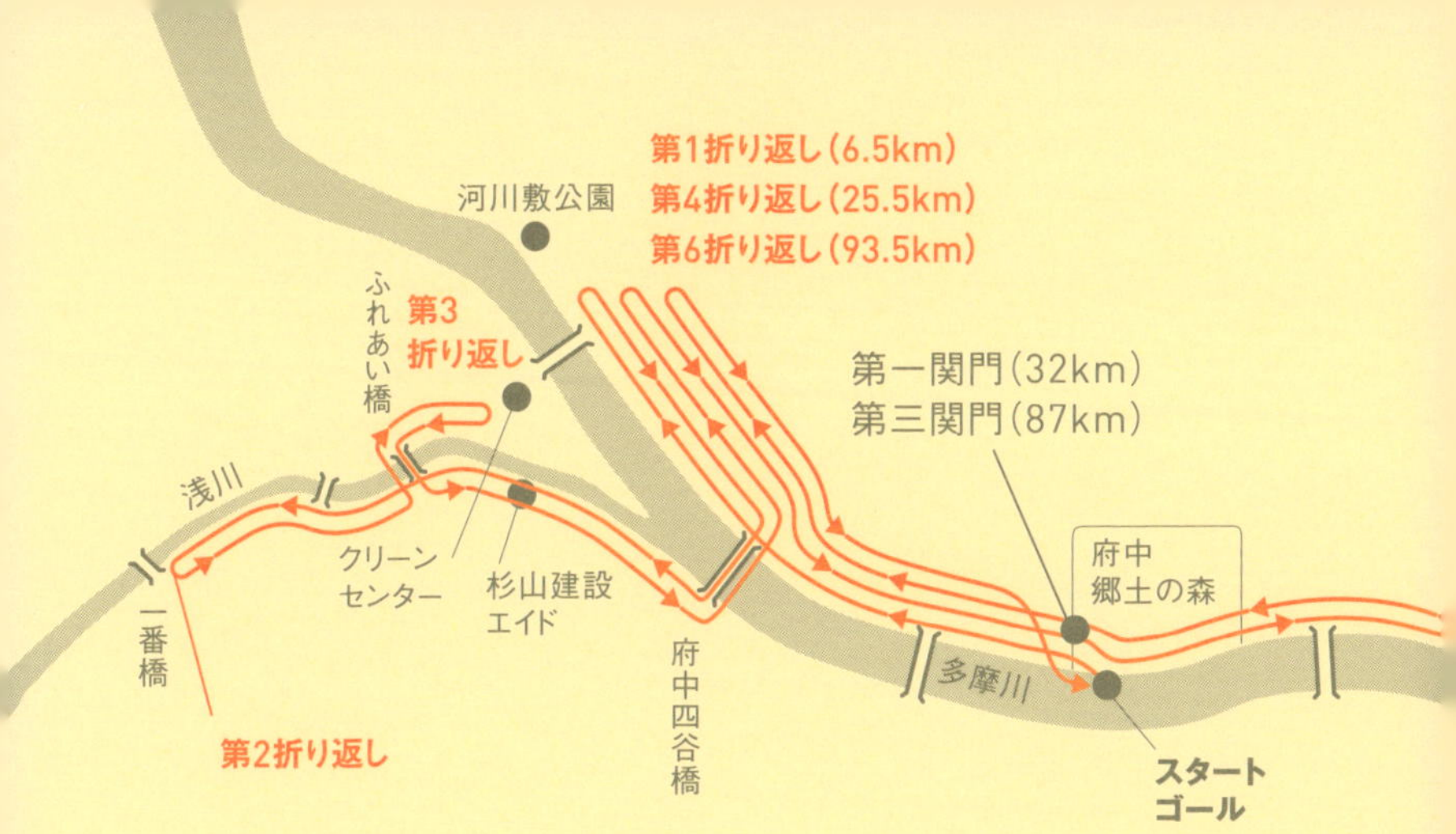

第1折り返し(6.5km)
第4折り返し(25.5km)
第6折り返し(93.5km)
河川敷公園
ふれあい橋
第3折り返し
第一関門(32km)
第三関門(87km)
浅川
クリーンセンター
杉山建設エイド
府中郷土の森
多摩川
一番橋
府中四谷橋
第2折り返し
スタートゴール

倉阪鬼一郎

Kurasaka Kiichiro

永久のゼッケン

多摩川ブルーにほほえみを

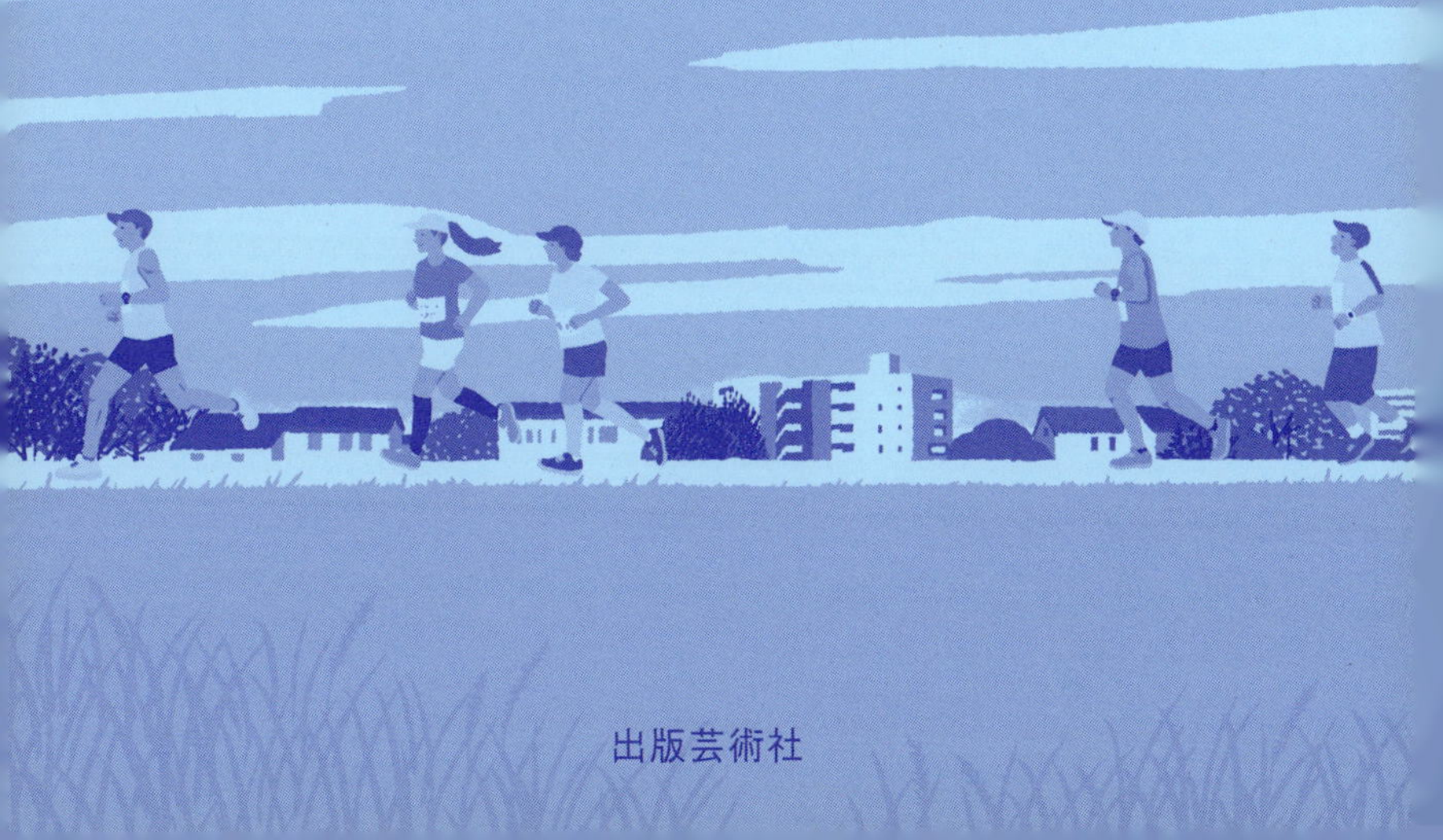

出版芸術社

永久のゼッケン

〜多摩川ブルーにほほえみを

目次

永久のゼッケン　～多摩川ブルーにほほえみを

1　星を見上げて　～スタート一年前

稲垣真鈴《いながきまりん》はまた腕時計を見た。関門閉鎖の時刻が迫っているが、母のかおりの姿はまだ見えない。

(やっぱり、駄目かな……)

真鈴は一つため息をついた。

多摩川ウルトラマラソン、一〇〇キロの部の最後の関門だ。ここさえクリアできれば、あとは最後の折り返しに向かい、ゴールへ戻ってくるだけだ。正式な制限時間は一四時間だが、最後の関門を通過したランナーは、たとえあとを全部歩いて一五時間以上かかったとしても完走扱いにしてくれるのがこの大会の優しいところだった。

しかし、母の姿はまだ見えなかった。

ゴールまであと一三キロ。スタートから八七キロも走ったところに最後の第三関門が設けられている。参加したランナーは、ここが本当につらい、鬼のようなコースセッティングだ、と口をそろえて言う。

一〇〇キロのウルトラマラソンに参加するようなランナーだから、日頃から練習はしている。普段なら一三キロというのは、べつにどうということのない距離だ。

だが、ウルトラ一〇〇キロの終盤の一三キロはつらさと重みが違う。しかも、いったんゴール地点を通り過ぎて、また最後の折り返しに向かわなければならない。せっかく最後の関門を通過したのに、走る気力をなくしてここでリタイアしてしまうランナーも少なくなかった。

また一人、体を斜めに傾けながら真鈴の前を通り過ぎていった。たぶん体のあちこちが痛いのだろう。これまでに蓄積してきたダメージに、ほうぼうが悲鳴をあげているに違いない。

（どうしてこんなにつらい思いをしてまで、走らなければならないんだろう。走った先に、いったい何があるんだろう？）

真鈴は前から疑問に思っていた。

両親ともにランナーだが、真鈴はそうではない。勝手にエントリーされ、無理に走らされたことはあるが、自分の意思で大会に出場した経験は、家族で参加した地元の月例マラソンを除けばいままでに一度もなかった。

今度はもう走れなくなったランナーが来た。足を引きずりながらも、ここでリタイアすることなく、先へ進もうとしている。

（わたしなら、絶対やめる。この先、もしかしたら後遺症が残ってしまうかもしれないのに、どうしてこんなにつらい思いをしてまでみんな走っているのだろう？）

またそこへ疑問が戻ってきた。

真鈴はゴールアーチを見た。拍手と歓声に迎えられ、ランナーが一人ゴールするところだった。リタイアの誘惑を振り切り、最後の折り返しをクリアしてきたランナーだけが、河川敷に設置されたゴールアーチをくぐることができる。ランニングマインドという小さなNPO法人が運営する手づくりの大会だから、アーチもさほど派手なものではないが、一〇〇キロを走ってきたランナーにとってみれば栄光のゴールだった。

「ゴールしたときの達成感は、ほかのどんなことでも味わえないの。とくにウルトラマラソンは。だから、みんなつらい思いをこらえてチャレンジしてるのよ」

母からはそう聞いた。

もちろん、それは頭では理解できる。そうだろうな、と推し量ることもできる。

それでも、やはり自分の世界とは遠い隔たりがあるような気がしてならなかった。

＊

「最終関門閉鎖まで、あと一〇分を切っています。ランナーのみなさん、最後まであきらめずにがんばってください」

会場にアナウンスが響いた。母の姿はまだ見えない。

母はウエストポーチに携帯電話を入れて走っている。一時間ほど前に連絡があった。

「駄目かもしれないけど、関門を目指すから」

だいぶ疲れた声だった。

「無理しないで、ママ。倒れられたら困るから」

真鈴は半ば冗談めかして言ったのだが、短い返事しか返ってこなかった。ウルトラマラソンの終盤になると、しゃべる気力もなくなってくるらしい。

そんなふうにやきもきしながら待っていると、近くで応援していた女から声をかけられた。

「そちらも、だんなさん待ち?」

いくらか年かさの女だった。

「いいえ、母を待ってるんです。前の関門は通過したって連絡があったんですけど」

真鈴は答えた。

まだ二十四歳だが、おっとりしているせいか歳よりいくらか上に見られることがある。

「そう。うちの旦那も、たぶん駄目じゃないかと」

女は苦笑いを浮かべた。

「もし通過できても、ゴール地点を通り過ぎてまた走らなきゃなりませんからね」

真鈴は軽く身ぶりを添えて言った。

「そうそう。去年もここでやめたの。もう足が動かないって言って」

「二度目のチャレンジですか？」

真鈴がたずねる。

「そうなの。性懲りもなく。いったい何が楽しいんだろう。高いお金を払って、車で行くような長い距離を走って、ダメージでしばらくロボットみたいになってるの」

女は首をかしげた。

「そうですよねえ。わたしもちっともわからないんです。何のために大変な思いをしてマラソンを走るのかって」

真鈴は同意した。

「しかも、一〇〇キロのウルトラマラソン。それも、八七キロも走ってきて、いったんゴール地点を通り過ぎていくような拷問みたいな大会に、よく好きこのんでお金を払って出てるなあって」

女はあきれたような顔つきになった。

「ほんとに、もうちょっと楽なコースにならないんでしょうかねえ」

顔をしかめて通り過ぎるランナーを見て、真鈴は言った。

「多摩川の河川敷で一〇〇キロのコースを取ろうとすると、どうしてもこうなっちゃうんですよ」

二人の会話を耳にしたスタッフが、申し訳なさそうに言った。

スタッフとボランティアは明るい多摩川ブルーのウエアに身を包んでいるから、すぐわかるようになっている。

「下流のほうは一般道も走りますからね」

応援経験が豊富らしい女が言った。

「そうなんです。多摩川は左岸も右岸もマラソンコースに向かないところがあるので、浅川の左岸と右岸も使って、どうにかこうにか一〇〇キロにしてるんですよ」

スタッフが説明する。

「しょうがないわねえ。力のある人はああやってゴールできてるんだから」

女はそう言って、同意を求めるように真鈴を見た。

また一人、両手を挙げてランナーがゴールした。その光景を、真鈴は少しまぶしそうにながめた。

＊

しばらく経つと、真鈴と一緒に観戦していた女の夫がやってきた。

「ここでやめる？」

女が声をかける。

「まだ間に合うだろう。最終関門を通過したんだから、絶対ゴールする」

その夫が答えた。

「そう。あんまり無理しないで」

「もう無理はしてるって」

そんなやり取りがあって、ランナーはまたゆっくりと走りだしていった。

「じゃあ、お疲れさま。もうちょっと応援しなきゃいけないみたい」

女は苦笑いを浮かべて後を追った。

「お疲れさまです」

笑みを浮かべて見送ると、真鈴は大会のパンフレットに目を落とした。


多摩川ウルトラマラソンは、回を重ねて第一一回になる。五月の多摩川と浅川の河川敷の名物レースとして一部には親しまれているが、一般には無名だ。参加者は五〇キロの部と合わせても千人に満たない。それでも、首都圏で行われる貴重なウルトラマラソンだし、コストパフォーマンスが高い大会をいろいろ運営しているランニングマインドの主催とあって、ランナーのあいだには根強い人気があった。

スタートゴール地点は、府中市の郷土の森公園だ。府中本町《ふちゅうほんまち》からそれなりに歩いて到達するこの大きな公園には設備の行き届いた体育館があり、すぐ河川敷のサイクリングコースにも出られる。発着点としては、まず申し分がなかった。

多摩川の河川敷では、月例マラソンを含め、多くの大会が催されている。しかし、フルマラソンを超える距離のウルトラマラソンはほとんどない。最長の一〇〇キロの部があるのは、この多摩川ウルトラマラソンだけだった。

多摩川のサイクリングコースは、左岸と右岸を行ったり来たりしながら続いている。下流は羽田の近く、上流は羽村《はむら》までさかのぼり、「たまリバー五〇キロ」と命名されている。ならば、五〇キロを往復すればちょうど一〇〇キロになりそうだが、事はそう単純ではなかった。サイクリングロードは随所で寸断され、一般道へ迂回するところがあるのだ。ここでウルトラマラソンを開催しようと思ったら、コース取りにずいぶんと頭を悩まされることになる。

ただ一〇〇キロにすればいいというわけでもない。ランナーが走る大会を運営するためには、エイドやトイレの場所などもしっかりと考えておかなければならない。途中で関門に引っかかったりリタイアしたりした参加者をどのように運ぶか。エイドへの食料や水の搬入ルートは確保されているか。その他もろもろ、考慮しなければならない要素はたくさんあった。机上の計算で一〇〇キロになっても、参加者が満足できる大会にしなければならないから、おのずとハードルは高くなる。そのハードルをすべてクリアし、回を重ねているのがこの多摩川ウルトラマラソンだった。

コースはこうだ。(表紙裏の地図参照)

府中郷土の森公園の体育館裏からスタートしたランナーたちは、多摩川の左岸を上流に向かう。石田大橋の先、河川敷公園の手前にエイドが設けられており、ここが第一折り返しになる。公設のトイレがあるこのポイントには、三回の折り返しが設定されている。一回目はまだ六・五キロだから、ウォーミングアップみたいなものだ。

折り返したランナーたちは府中四谷橋《よつやばし》を渡り、浅川のサイクリングロードに入る。まずは右岸を進み、一番橋《いちばんばし》の手前で第二折り返しを迎える。このあたりは常にランナー同士のすれ違いがある。ハーフマラソンなどだと走路の狭さに不満を抱く参加者が出るかもしれないが、ウルトラマラソンは先が長い。この辺もまだウォーミングアップだ。

折り返したランナーはふれあい橋から左岸に移る。平日は日野《ひの》クリーンセンターに出入りする車輌が通るが、休日は絶好のマラソンコースになる。もちろん、抜かりなく許可は取ってあるから問題はない。クリーンセンターの先で第三の折り返しになる。ランナーは左岸を戻ってふれあい橋を逆に渡り、また右岸を走る。そして、府中四谷橋から多摩川に戻る。

再び河川敷公園に向かい、第四折り返しとなる。ここが二五・五キロ地点だ。

ランナーたちはスタート地点の府中郷土の森公園に戻ってくる。この三二キロ地点に第一関門が設定されている。関門に間に合わなかったランナーばかりでなく、ここでやめる参加者もいた。なにしろ、リタイアの誘惑がある。レースをやめたら、荷物を受け取ってすぐ帰れるのだから。

調子の悪いランナーは、無理をせずリタイアを選択することも多かった。

第一関門をクリアしたランナーは多摩川の下流へ進む。多摩川原橋《たまがわらばし》を渡って右岸に移ると、一般道を迂回してサイクリングコースに戻る。ここがコース設定の最大の難所だ。

地図を見ると、アカシア通りという川沿いの一般道を少しだけ走ればサイクリングコースに入れるように見える。しかし、この道は無理だ。トラックが頻繁に通るのに、途中から歩道がなくなってしまう。路側帯すらほとんどないところもあるから、とても危なくて走れない。

そこで、稲田堤《いなだづつみ》の一般道を迂回するコースになっていた。途中の稲田公園にはトイレがあるし、コース上にちょうどコンビニもある。小銭を持参しているランナーはここで好きなものを補給することができる。

三沢川《みさわがわ》沿いに進んで安全な信号を渡り、サイクリングコースに入れば、あとはひたすら下流に向かって走る。川崎の高層ビル群がだんだん近づいてくると、長かった下流への旅もようやく終わりだ。

多摩川大橋の先に第五折り返しがある。ここが五九・五キロポイントで、第二関門も設定されている。リタイアした選手たちは、収容バスに乗って府中まで戻る。一般道を走るマラソン大会だと収容バスが最後尾のランナーを追いかけたりするが、河川敷ではそうはいかない。

あとはひたすら元のコースを引き返していく。そして、スタート地点の府中郷土の森公園にやっとの思いで戻ってきても、そこがゴールではなかった。八七キロまで走ってきて、またゴール地点を横目に見て最後の折り返しに向かわなければならない。精神力が問われるコース設定だ。

しかも、最後の第三関門がある。ここでレースをやめるランナーはずいぶん多かった。

何度もパンフレットの地図を見ていたから、コースは頭に入ってしまった。最終関門が設定されている八七キロ地点でも、フルマラソンの倍以上の距離になる。一日にマラソンを二回走ってもまだ追いつかない距離が一〇〇キロだ。

たしかに、ゴールできたらものすごい達成感なのだろう、と真鈴は思う。

おそらくはそれを味わうために、いまもランナーが一人また一人と最終関門に向かってくる。朝早くにスタートし、半日もかけてずっと足を動かし、疲れた体を引きずるようにして、過酷な最終関門を目指してくる。

ランナーの数だけドラマがある、と言われる。出場者の数だけ走る理由がある、とも聞いた。ことに、半日をかけて走るウルトラマラソンには、それぞれの人生の重みがかかっているのだろう。

最終関門で力尽き、涙を流しながらリタイアしたランナーを見た。ただその光景を見ていただけの真鈴にも、無念の思いが伝わってきて胸が熱くなった。

そればかりではない。多くのランナーが通る同じコースの沿道で観戦しているうち、何かいわく言いがたい「気」のようなものが伝わってくるのを真鈴は感じた。

＊

関門閉鎖時間まで、いよいよあと五分を切った。

　だが、母は来ない。オレンジ色の目立つウエアとキャップだから、遠くからでもわかるはずだが、それらしいランナーはいっこうに真鈴の視野に入らなかった。

「関門閉鎖まで、あと五分となりました」

　MCの女性がよく通る声で告げた。

　公立図書館に勤務する真鈴は、ときどき利用者の呼び出しのアナウンスを担当することがある。同じマイクに向かうにしても、ずいぶん発声が違った。

「……ゴール！　おかえりなさい。一〇〇キロ完走です。お疲れさまでした！」

　ランナーがゴールアーチに近づくたびに、ひときわMCのテンションが上がる。

　多摩川ウルトラマラソンのゴール風景は、いままでずっと見てきた。笑顔のランナーもいれば、感極まって顔をくしゃくしゃにして泣いている者もいた。足を引きずりながら、どうにかゴールに倒れこんだ人もいた。

　ランナーだけではない。応援の家族も最後だけ一緒に走ってゴールする光景も見た。小さな子供と手をつないでゴールするお父さんの姿には、思わず心がなごんだ。

　しかし……。

　そういう歓喜のゴールを、母は迎えられそうになかった。

「まもなく関門閉鎖です。十、九……」

　無情にも、カウントダウンが始まった。

そのとき、ようやくオレンジ色のキャップとウエアが見えてきた。

もう間に合わないけれど、母は帰ってきたのだ。

「ママ!」

真鈴は精一杯の声で叫んだ。

手も振った。肩が痛くなるほど振った。

まだ顔ははっきり見えないが、母も気づいたらしい。右手を挙げるのが見えた。

走ってはいなかった。右足を引きずりながら、母はゆっくりと歩いていた。

最後の関門は閉鎖になった……はずなのだが、実はそうではなかった。

「ちょっとならおまけしますよ」

赤い旗を手にしたスタッフが、本来ならアウトのはずのランナーに告げていた。

「えっ、いいの?」

「なかにはロープを張って止めたりする大会もありますけど、うちはゆるいので、そんな鬼みたいなことはしません。どうぞ、行ってください」

これまで年季を積んできたとおぼしいスタッフが、身ぶりをまじえて言った。

「なら、お言葉に甘えて」

「ひょっとしたら、まだ完走できるかも」

おまけをしてもらったランナーたちは、疲れた体に鞭打ってのろのろと走りだした。

そのやり取りを聞いていた真鈴は、また大きな声を出した。

「ママ、大丈夫だよ、関門。まだ間に合うよ！　おまけしてくれるよ」

それを聞いて、母の少し前を歩いていたランナーがまたぎこちないフォームで走りだした。

ややあって、ようやく母の顔が見えてきた。

「どうする？　やめる？」

真鈴は問うた。

少し遅れて、母は頭の上で×をつくった。

「八七キロまで来て、残念ですね」

スタッフが声をかけてくれた。

「ここまで走っただけでもすごいと思います」

真鈴は答えた。

それなりに練習していることはわかっていたが、内心では、ここまで来るとは思っていなかった。もっと早々にリタイアするのじゃないかと思っていた。

「ここは初めてですか？」

スタッフが温顔《おんがん》で問うた。

「ウルトラも初めてなんです、母は。練習のためにフルマラソンを一回やっと完走しただけで」

「ああ、それなら、ここまで走られたのは立派です。また来年がありますよ」

スタッフはそう言って励ましてくれた。

しばらくすると母の顔がはっきりと見えた。

「お疲れさま」

真鈴は笑みを浮かべた。

「もう、限界」

母は弱々しい笑みを浮かべた。

「ここをゴールにしてくれればいいのに」

フィニッシャーをたたえるMCの声を聞きながら、真鈴は言った。

「しょうがないわよ。力不足」

母は顔をしかめて立ち止まった。

「足、大丈夫?」

真鈴が気遣う。

「大丈夫じゃないわよ。フル二回分より長いんだから」

何とも言えない表情で、母は答えた。

「お疲れさまでした」

関門のスタッフが労をねぎらう。

同じように最終関門に間に合わなかったランナーが脇を通り過ぎていった。

「また、来年リベンジします」

「お待ちしています」

まだ若いランナーはスタッフと握手をして去っていった。

「そちらはどうされます？」

スタッフは母にたずねた。

「どうする？　ママ」

真鈴も問う。

「終わったばかりだけど……約束があるので」

母はそう答えて、右肩に手をやった。

腕を振りすぎたのか、手を上げるだけでも大儀そうだ。

年配のスタッフの表情がいくらか陰った。

「それは、喪章ですね？」

母の右肩には、黒い喪章がついていた。

「はい……去年まで、夫が九回連続で完走していましたので」

「あと一回で、多摩川ブルーの永久ゼッケンをもらえたんですね」

スタッフはわずかに笑みを浮かべた。味のある微笑だった。

「夫はそれを楽しみにしていたんですが……念願が叶わなかったので、代わりにわたしが、と思い立って」

　母は答えた。

「パパが追い風を吹かせてくれると期待してたんですけど」

　真鈴もスタッフに言った。

「練習不足で走れる距離じゃないわね」

　母が苦笑いを浮かべる。

「でも、あと一三キロまで走られたんです。きっと……喜んでおられますよ」

　情に厚いスタッフは、そう言っていくたびも瞬きをした。

「はい……帰ったら報告します」

　母は答えた。

「では、また来年、お待ちしています」

　いくらかかすれた声で、スタッフは言った。

「ありがとうございます」

　真鈴は笑みを浮かべて頭を下げた。

＊

母の着替えはずいぶん長かった。歩くのもままならない。

「わたしにつかまって」

真鈴は肩を貸した。

のろのろと歩いて、やっと駐車場に着いた。

もう外はだいぶ暗くなっていた。空を仰ぐと、星が見えた。

「ああ、だんだん悔しくなってきた」

母が言った。

「しょうがないよ。やれることはやったんだから」

真鈴がなだめる。

「でも……パパと約束したのに、絶対、一〇回目の完走をするって」

母の言葉に、真鈴は答えることができなかった。声にならなかったのだ。

真鈴は空を見上げた。

どの星もにじんでいて、どれがパパなのかわからなかった。

2　最後の七〇〇メートル　～スタート一年半前

真鈴が父の応援に来たのは、最後の年だけだった。その前年までは、いくらいいタイムで完走しても興味を示さなかった。それどころか、わざと冷たく接していた。

父の滋《しげる》と母のかおりは、マラソン大会で知り合った。わりとよくあるランナー同士の結婚だ。一人娘の真鈴も、小さいころから地元の月例大会に参加していた。いや、参加させられていた。両親がランナーだから、娘にも走らせようと思うのは当然のことだった。

小さいころからいいシューズを与えられ、真鈴は月例マラソンを走った。そんな娘の写真を、父はたくさん撮って悦に入っていた。

だが、中学生になったら、一緒に出ることをやめた。走らなければならない距離が延びたこともあるけれども、当然のように参加させられるのが嫌になってしまったのだ。

パパとママはマラソンが趣味だからいいけど、わたしはそうじゃない。人の趣味を押しつけないでほしい。

真鈴はそう反抗するようになった。

決定的な溝ができたのは、信州のあるハーフマラソンに出場したときのことだった。真鈴が走った三キロのコースは、ものすごい坂を上らなければならなかった。ちょっとアップダウンがある、と父から聞いていた。でも、走ってみると、「ちょっと」どころではなかった。真鈴は途中で止まり、ゼッケンを外して引き返した。自分からリタイアしたのだ。

その後も冷戦状態で、家族旅行のあいだ、父とはひと言も話をしなかった。

家へ帰ってからも、ぎくしゃくした関係は続いた。必要最低限の会話はするが、母とは違って、父とは距離を置くようになった。仕事に打ち込み、家族を思い、休日には練習にまじめに取り組む、一見すると非の打ちどころのない父なのに、真鈴はなぜか遠ざけるようになってしまったのだ。

あのころは、どうしてあんなにパパに冷たくしていたのだろう？

真鈴はいまにしてそう思う。

父に対する抵抗感ともわだかまりともつかない感情が薄れたのは、図書館に勤めに出てからだった。小さいころから図書館が好きで、頻繁に本を借りていたから、あこがれていた図書館の司書になった。

しかし、いざ勤務してみると、楽しいことばかりではなかった。いろいろと複雑な人間関係があって、パワハラ一歩手前の仕打ちまで受けた。父の大変さを、真鈴はようやく肌でわかるようになった。

ある日、仕事について訊かれたから、真鈴は思い切って職場の人間関係の悩みを打ち明けた。

父はいままで見たことがないほど真剣な表情で話を聞き、適切なアドバイスをしてくれた。そのおかげで、真鈴は大きな危機を乗り切ることができた。その後、配置転換があり、いまは問題なく勤務ができている。

父と娘の関係は、こうして修復された。

走るのは嫌だけど、応援なら行ってもいいかも。

真鈴はそう思うようになった。

そんな矢先だった。父に思わぬ病が見つかったのは。

*

八回目の多摩川ウルトラマラソンになる一昨年、父の滋は九時間を切る自己ベストで完走した。一〇〇キロマラソンでは、一〇時間を切るサブ10が一つの名誉とされるが、その上をいくサブ9だ。

「ベストレースだったよ」

父はそう言って、会心の笑みを浮かべた。

しかし、昨年はつらいレースになった。すでに病気はその体を蝕《むしば》んでいた。ほかの大会はともかく、第一回から連続出場を続けているこの多摩川ウルトラマラソンにだけはどうしても出場して完走したい。真鈴も母も反対したが、滋の意志は固かった。精密検査の日程を先に延ばし、父は大会に出場した。

真鈴は母とともに応援に行った。初めて多摩川の河川敷へ足を運び、父が戻ってくるのを今か今かと待った。以前とは違って、苦しいレースになった。それでも父は、一歩一歩を刻むように走って、一つずつ関門をクリアしていった。

最終関門を通過したときの父の表情を、真鈴はまだはっきりと憶えている。倒れそうになりながらも、必死に前へ体を運ぼうとしていた。

制限時間の五分前に、父はようやくゴールにたどり着いた。

「これで、多摩川ブルーにリーチがかかったぞ。あと一回だ」

いままででいちばん苦労してもらった完走証を手に、疲れ切った表情で父は言った。

だが、一〇回目の完走は、ついにならなかった。

父は出走することすらできなかったのだ。

＊

精密検査の結果は芳しくなかった。医師による詳しい説明を受けたとき、母はショックのあまり倒れてしまった。それほどまでに、父の病気の進行は早かった。

最先端の治療は受けたが、それでも食い止めることができなかった。会社を休職し、治療に専念したものの、時すでに遅かった。もう手の施しようがなかった。

真鈴は母と一緒に見舞いに通った。父の見舞い客は多かった。もともとは技術畑で、浄水設備関係の会社でさまざまな新技術を世に送り出してきた。その功績と人望が買われ、もうすぐ役員待遇になることが約束されていた。会社の同僚ばかりでなく、ランニング仲間もしばしば見舞いに来た。会社でも地域でも、父はランニングクラブの一員として活動していた。チームで参加する駅伝や時間走(定められた時間内に走る距離を競う)などでは、常にエースで盛り上げ役だった。病室を訪れる人たちに逆に気を遣い、父は笑みを絶やさぬようにしていた。それだけに、見るのがつらかった。父のほおはしだいにこけ、痛々しいまでになった。

父のいない家に帰ると、真鈴は夜、ときどき泣いた。母は気丈にふるまい、しばしば笑顔を見せた。真鈴が落ちこんでいると、元気を出しなさいと励ましてくれた。内心では、母もつらいに違いない。それがわかるだけに、真鈴は何とも言えない気持ちだった。

初めのうち、もちろん父は治るつもりでいた。まだ五十代になったばかりの働き盛りだ。こんなところで死ねるか、と病に立ち向かっていた。

だが、複数の医者から詳しいデータを示され、病状に関する詳細な説明を受けると、悩み抜いた末に考えを改めたようだった。

残り少ない日々を、家族とともに、一日を一生だと思って生きよう。

長い涙の夜の果てに、そう考えるに至ったのだろう。

「まだ体が動くうちに、おまえと一緒に行った思い出の場所へ行こうと思う」

見舞いに来た真鈴に向かって、父は言った。

「うん、いいよ。どこ？」

無理に笑顔をつくって、真鈴はたずねた。

父も笑みを浮かべてから答えた。

「月例マラソンだ」

＊

ランナー稲垣滋が最後に出場したのは、月例湘南マラソンだった。

かつては海に近い町に住んでいて、真鈴が小さいころによく家族で出場していた。その思い出の大会を、父は最後のランの場に選んだ。もう長い距離は走れない。エントリーしたのは、ファミリーの部の七〇〇メートルだった。

よく晴れた朝だった。真鈴の運転で、家族は久々に以前住んでいた湘南地方に出かけた。

父はフェイスブックやランニングカフェなどのＳＮＳでもラン仲間と交流していたから、月例マラソンに出ることは大勢の人の知るところとなった。これが最後のレースになることは、多くのラン友が知っていた。なかには花束を持って駆けつけてくれた人もいた。

「一〇〇キロの次が、七〇〇メートルになるとはな」

ファミリーの部のうしろのほうに並んでいたとき、父がぽつりともらした。

「ファミリーの部なんて、何年ぶりかしら」

前のほうに並んだ子供たちを見ながら、母が言う。

「真鈴が三つのときだったからな。初めて月例に出たのは」

父は遠い目つきで言った。

「憶えてない」

真鈴はわずかに笑みを浮かべた。

「そりゃそうだろう。途中で止まって泣きだしたんで、パパがゴールまでおぶって走ったんだから」

だいぶかすれた声で、父は言った。

「そんなこともあったわね」

母がしみじみと言った。

中学のときに反抗しはじめてから、父とは一度も一緒に走ったことがなかった。

こんなことになるなら、もっとパパと一緒に走っておけばよかった……。

そんな後ろ向きな気持ちをぐっと抑えて、真鈴はスタート地点に立った。

月例湘南マラソンにはさまざまな種目がある。一キロ、三キロ、五キロ、一〇キロ。季節によっては二〇キロまである。そのうち、ファミリーの部はいちばん短い。制限時間もないから、小さい子供たちも親に手を引かれて参加していた。

かつては、稲垣家もそうだった。あれから二十年以上が経った。

「無理しないでね、パパ」

真鈴は言った。

「ああ。したくても、できないから」

父は寂しそうに笑った。

多摩川に近い住宅地へ引っ越したあとも、稲垣滋は毎月第一日曜には欠かさず鵠沼海岸《くげぬまかいがん》の受付会場に足を運んでいた。一〇キロか二〇キロを走り、調子のバロメーターにするためだ。

月例には通算賞と連続賞があり、回を重ねるとゼッケンナンバー入りのシャツをもらうことができる。真鈴が引っ張り出してきたのは、だいぶ窮屈になった赤いランニングシャツだが、父のは違った。上下ともに深めのブルーで、ゼッケンナンバーが銀色で記されている。通算一五〇回もの出場を重ねれば、本会本部に好みのデザインのシャツとパンツをつくってもらえるのだ。

その名誉のウエアに身を包んだ父は、最後の七〇〇メートルに臨もうとしていた。

ほどなく、ピストルが鳴った。いちばんゆるい種目だから、和気が漂うなか、子供たちがいっせいに駆け出していった。

父は海を見ながら走っていた。母とともに、真鈴はその背中を見ながら走った。すっかりやせ衰えてしまったけれど、それでもブルーのウエアに身を包んだ父の背中はランナーのものだった。足の回転は鈍いが、腰の位置の高いきれいなフォームに変わりはなかった。

「がんばれ」

折り返してくる子供たちに、父は声をかけた。

このレースを最後に、人生のステージからも下りようとしているランナーは、一人一人に声をかけ、右手を挙げてエールを送った。

折り返しが来た。

「あと半分」

母が励ます。

「パパ、がんばって」

真鈴は涙声になっていた。

「ああ」

父は短く答えた。それ以上は言葉にならなかった。

海辺のサイクリングロードには風が吹く。強い風にあおられてたまった飛び砂が足元にまとわりつき、ランナーを苦しめる。

父は砂に足を取られ、一度転びそうになった。

「大丈夫？　パパ」

真鈴が気遣う。

「ああ……平気だ」

動かない足をなだめながら、父はゴールを目指した。

地下道を下って上ると、ささやかなゴールが見えてくる。

「もうちょっとだよ」

小さい子供たちを励ましながら、父は走った。

「がんばれ……」

心からの声だった。

自分はまもなく最後のレースのゴールを迎えてしまうけれど、きみたちには未来がある。人生のレースが続いていく。

だから、がんばれ……。

その思いは、真鈴にも通じた。

ゴールが近づいてきた。まもなく終わる。最後のレースが終わってしまう。

「パパ」

真鈴は手を差し出した。

その手を、父は握り返した。心にしみるあたたかさだった。

母も手を差し出した。家族は手をつないでゴールした。

最後は、笑顔だった。

*

父の病院は、多摩川からほど近いところにあった。

最後に外出許可が出たとき、父は迷わず多摩川のサイクリングロードへ散歩に出ることを望んだ。ランナーが走り、ロードバイクが駆け抜けていく。いつもの多摩川沿いの道を、母とともに父の体を支えながら、真鈴はゆっくりと歩いた。

「いいお天気だな」

立ち止まった父は、いくぶん目を細くして言った。

「またここを走れるといいね」

無理に笑顔をつくって、真鈴は言った。

「ここを、走ったんだな」

父は立ち止まり、ステッキに軽くなった身を預けた。

「そうよ。毎年、応援に来てた」

母が言った。

「多摩川ウルトラマラソン、あと一回完走したら、多摩川ブルーの永久ゼッケンじゃない、パパ」

真鈴はそう言って励ましたが、父は弱々しい笑みを浮かべただけだった。

ランナーが一人、お世辞にもきれいとは言えないフォームで走り去っていった。家族は笑みを浮かべた。そのランナーは多摩川ウルトラマラソンの参加賞のTシャツを着ていた。同じシャツは稲垣家にもあった。いちばん思い入れのある大会だから、よその参加賞は処分しても、多摩川ウルトラマラソンのものだけは大事に取ってあった。

父は瞬きをした。このところ雨が降らず、水かさは減っていたが、それでもかろうじて川面《かわも》が見えた。

「水が、流れてるな」

かすれた声で言う。

「うん。海へ」

真鈴も同じところを見た。

「何度も、海まで、走った」

息を入れながら、父は言った。

「また走ろうよ、パパ」

真鈴は言った。

風が吹き抜けていった。

「……戻ってくるよ」

いくらか間を置いてから、父は言った。

「あの水になって、戻ってくる」

まだわずかに見えている多摩川の川面を指さして言う。それは日の光を弾いて美しく光っていた。

「風になって、いつか、帰ってくる……ここへ」

父は指を下に向けた。

そこには、サイクリングロードがあった。何度も走って、汗をしたたらせた道があった。その道とも、もうお別れだ。

真鈴は何も言わなかった。こみあげてくるものをこらえることだけで精一杯だった。母も同じだった。懸命に涙を見せまいとしていた。

「風が吹いたら、パパだと思ってくれ」

父はそう言って、何とも言えない笑みを浮かべた。

そして、土手を下りる前に、数えきれないほど走った道に向かって深々と一礼した。

最後にサイクリングロードにしたたったのは、汗ではなかった。

涙だった。

＊

それから半月後に、父は死んだ。

その三日前から昏睡状態に陥っていたが、亡くなる当日の朝、急に意識が戻った。

真鈴も母も病室に詰めていた。最後に父は、真鈴の手を握った。力は弱々しかったが、たしかにそれは父の手のあたたかさだった。

「幸せに、なれよ」

穏やかな笑みを浮かべて、父は言った。

「……うん」

真鈴は短く答えた。あとは言葉にならなかった。

「ありがとう」

だれにともなく言うと、父は目を閉じた。

そして、そのまま眠るように亡くなった。

＊

葬儀の遺影は、多摩川ウルトラマラソンのゴール写真だった。満面の笑みを浮かべて、両手を挙げてゴールするシーンを見て、告別式の参列者のなかには思わずほおをゆるめる者もいた。

お棺には故人が大事にしていたランニング関係の遺品をたくさん入れた。初めてサブ3（フルマラソンを三時間以内で走ること）を達成したシューズはどうしても捨てられないと言って、トレッドミルなどの室内ラン用に保存してあった。そのシューズに加えて、各地の大会でもらってきたメダルや完走証、家族で参加したときの写真など、思い出の品が次々にお棺の中へ入れられた。

「パパのことだから、あっちへ行ったらすぐ走りそうね」

母が言った。

「そうそう。いいコースを見つけて」

真鈴はそう言って瞬きをした。

遺影の父は若々しかった。生命力にあふれていた。死んだのは冗談だよと言って、いまにも式場に飛びこんできそうだった。

告別式にはランニング仲間がたくさん来てくれた。闘病中には、所属していたクラブのメンバーが寄せ書きをしてくれた。思いがこもったそれらの品も、一緒にお棺に入れられた。

みんな、稲垣滋が好きだった。家族も、仲間も、みんな好きだった。

「多摩川ブルーのゼッケン、入れてやりたかったな」

ともに駅伝のたすきをつないだメンバーが、そう言って男泣きを始めた。

葬儀が終わり、火葬場で最後のお別れをした。これが今生《こんじょう》の別れだ。

「さよなら、パパ……ありがとう」

真鈴は精一杯の声で言った。

最後に足が見えた。

大地を踏みしめて走っていたランナーの足。人生を歩みつづけてきた父の足が、重い扉に閉ざされて見えなくなった。

3　絆のハーフ・ハーフ　〜スタート一〇か月前

「大丈夫？　ママ」

乳白色の湯の中で、真鈴は心配そうにたずねた。

最終関門でリタイアした多摩川ウルトラマラソンのダメージはひどいようで、翌日は階段を這って上り下りするほどだった。

「大丈夫……と言いたいところだけど」

母はそう言って顔をしかめた。

「あんまり大丈夫そうじゃないね」

「そりゃ八七キロの最終関門まで走ったんだから。体のあちこちがぼろぼろ」

「ゆっくり浸かってマッサージして」

真鈴は言った。

あんまりつらそうだったから、仕事を終えてから車を運転して少し離れたスーパー銭湯につれてきた。

「こうやってケアしてれば、またそのうち走れるようになるから」

母がそう言ったから、真鈴は目を瞠《みは》った。

「また走るの？」

「そりゃそうよ。練習しないと一〇〇キロのウルトラは完走できないから。次のお墓参りのあとくらいから、また走らなきゃ。リタイアしたときはもうこれ以上は絶対無理だと思ったけど、せんじつめれば練習が足りなかったせいだから」

手でふくらはぎをマッサージしながら、母は言った。

「あんなにつらい思いをしたのに、また出るんだ、多摩川ウルトラマラソン」

真鈴は半ばあきれたように言った。自分だったら、もう二度と走るまいと心に誓うに違いない。

「あと一回、走れなかった一〇〇キロを走るって、パパと約束したから」

母はしみじみと答えた。

「約束か……」

「そう、約束」

マッサージを続けながら、母はうなずいた。

＊

次の日曜日は、ちょうど父の月命日に当たっていた。真鈴は母とともに多摩川に近い霊園へ足を運び、墓にお参りした。

父が好きだった銘柄のビールは、真鈴が墓前にお供えした。これのために走ってるようなものだと言って、それはそれはおいしそうにビールを飲んでいたものだ。

「このビールは持って帰ってわたしが」

母が前に供えてあった缶をバッグに入れた。

「ビールは太るよ」

真鈴は笑みを浮かべた。

「また走るから」

母は腕を動かすしぐさをした。

墓参を終えて駅に向かうとき、母はまだいくらか足を引きずっていた。

「完全に治るまで、しばらく休んだほうがいいと思う」

真鈴は見かねて言った。

「うん、それはそうなんだけど……」

母はあいまいな表情で答えた。

「次のウルトラマラソンまで、まだだいぶ時間があるんだから」

「そんなことを言ってるうちに、すぐ本番が来るわよ。『走った距離は裏切らない』って言われるくらいで、とにかく練習しないと話にならないの、ウルトラは」

母の口調が少し強くなったから、真鈴は黙りこんだ。

そのとき、不意にあるアイデアが浮かんだ。

真鈴はふと空を見上げた。どうしてそんなことを思いついたのか、自分でも不思議だったからだ。まるでアイデアが天から降ってきたかのようだった。

わたしに、そんなことができるかな？

真鈴は自問自答した。

答えはすぐ出なかった。母に切り出すまで、真鈴は一週間ほど考え抜いた。

そして、答えを出した。

＊

次の日曜日、真鈴は車を運転して、母と一緒にスーパーへ買い物に行った。

母は週に四日、レジのアルバイトをするようになった。父が遺してくれたものはあるが、自分が買いたい物は自分で稼ぐことに決めたらしい。ただし、二人が向かったのはべつのスーパーだった。そこなら人目を気にせずに買い物ができる。

買った惣菜パンをイートインコーナーで食べることにした。自販機のコーヒーを飲みながら半分ほど食べたとき、真鈴は考えてきた話を切り出した。

「多摩川ウルトラマラソンの話なんだけど」

「うん、何?」

「ママが次もまた一〇〇キロの部に出て、今度は完走できたとしても、多摩川ブルーのゼッケンはもらえないよね」

真鈴は言った。

「そりゃ九回まではパパが完走したんだから」

母は少しいぶかしげな顔つきで答えた。

「つまり、パパが走れなかった残りの一〇〇キロをママが走って、心の多摩川ブルーをもらおうっていうことよね?」

真鈴は念を押すようにたずねた。

「そうよ、心の多摩川ブルー」

母がうなずく。

「言ってみれば、天国のパパがくれる、心の多摩川ブルーってことよね」

声に少し力をこめて、真鈴は言った。

「そうなるわね」

母は感慨深げな面持ちになった。

「だったら、残りの一〇〇キロを、二人で走ればどうかと思ったの」

真鈴は意を決したように言った。

「二人でって、真鈴も走るの？」

母は驚いた顔つきになった。

「前回のママのレースを見てたら、一〇〇キロはまだハードルが高いかもしれないけど、半分の五〇キロの部なら完走できるんじゃないかと思って」

真鈴はそう伝えた。

「うん、それはわたしも思ったけど。五〇キロの部なら完走できたのにって」

一〇〇キロの部は猛者向けのハードな設定だが、五〇キロの部はぐっとマイルドだ。スタート時間が一〇〇キロより遅く設定されているから、会場まで電車で出かけることができるし、制限時間もゆるい。まず五〇キロを完走してから一〇〇キロへとステップアップしていく参加者も多かった。

途中までは一〇〇キロの部と同じコースで、第一関門は三二キロ地点の府中郷土の森公園に設定されている。いったんスタート地点を通り過ぎるのだ。しかし、多摩川原橋を渡って右岸に移り、川崎のビル街が大きくなるまで延々と下流まで走ることはない。多摩川緑地で折り返し、すぐスタート地点へ戻っていく。

二度目にスタート地点の府中郷土の森公園を通り過ぎるのは、一〇〇キロの部は地獄の八七キロ地点だが、五〇キロの部はまだフルの距離にも達していない三七キロ地点だ。これなら残り一三キロをがんばろうという気力もわく。二つの部門の完走率を比べてみれば一目瞭然で、五〇キロの部のほうが圧倒的に高かった。

「だから、二人で走ればと思ったの」

真鈴が言った。

「二人分を足して一〇〇キロにするのね」

「そう。ハーフ・ハーフでフルにするの」

真鈴は軽く指を組んだ。

「ハーフ・ハーフ、ね」

母は笑みを浮かべた。

現役を続行するか否か、これからのことを問われた有名なスケート選手が「五分五分」という意味で使って流行語になった言葉だ。

「そう、ハーフ・ハーフ」

真鈴も笑みを返した。

「でも、あなた、三キロのマラソンしか走ったことがないじゃないの。それも、途中でやめて一度で懲りたって言って、その後は一度も遠征についてこなかった」

母が言った。

「だって、あれはパパが大変なコースを選んだから」

真鈴は少しあいまいな顔つきになった。

あまり思い出したくないことだった。そのたった一回のマラソンを境に、父と長い冷戦めいた状態に陥ってしまったのだから。

「あとで後悔してたよ、パパ」

顔色を見て、母は言った。

「うん」

真鈴がしんみりとうなずく。

「で、それはそれとして」

母は本題に戻した。

「わたしはフルも完走してるからいいとして、あなた、練習しないと無理よ、五〇キロなんて」

一〇〇キロに比べたら半分だが、フルマラソンより長いウルトラマラソンだ。練習でも普通の人はそんな距離を走らない。

「わかってる。練習する」

真鈴はきっぱりと答えた。

「まあ、五〇キロなら、わたしだって走れたんだからね」

母は笑みを浮かべた。

「まだ練習する時間はたっぷりあるから」

真鈴も笑みを返した。

＊

次の休みの日、真鈴はスポーツショップへ行き、ウルトラマラソン向けのランニングシューズを買った。その前にハーフの大会にも出場していないのに五〇キロが目標だと言うと、親切なスタッフはハーフを一本、フルを一本走っておくようにと懇切丁寧にアドバイスしたうえで、初心者向けの定評あるシューズを薦めてくれた。

真鈴は父の部屋からランニング関係の本を取ってきて読むようになった。

滋はわりとまめなたちで、付箋を貼ったり鉛筆で線を引いたりしていた。その息づかいまで聞こえてくるかのようで、ときにはしんみりすることもあったけれども、真鈴は父が遺してくれたささやかな財産を使わせてもらうことにした。

「なんだ、真鈴が持ってたの、田中宏暁《たなかひろあき》先生の『賢く走るフルマラソン』」

部屋に入るなり、母が声をあげたこともあった。

「うん、面白そうだから」

「でも、フォアフット走法は初心者には無理よ」

「フォアフットって？」

真鈴は本から顔を上げてたずねた。

「足のつま先で着地しながら走るのよ。アフリカの選手はたいていそうなんだって」

母は身ぶりをまじえて答えた。

「ふーん」

「そのほうが着地のロスが少ないんだけど、その分バネが必要になるから、上級者向けね。パパはその本のおかげで自己ベストを更新してサブ3を達成したから、ずいぶんありがたがってたけど」

母は言った。

「自分のレベルに合わせた走り方にしないといけないわけね」

真鈴はうなずいた。

「そう。背伸びしたらケガをするから」

「そのあたりは、走りながら覚えていくしかないね」

真鈴は腕を振るしぐさをした。

「じゃあ、今度の週末から」

「うん、走る」

相談がまとまった。

＊

天候が不順でなかなかすっきり晴れてくれなかったが、やっと多摩川らしい青空になった。真鈴は母と河川敷へジョギングに出た。もっとも、家から河川敷のサイクリングコースまで二キロほど離れている。コースにたどり着いたときには、真鈴はもう息が上がっていた。

「これからが本番なのよ、真鈴」

母が笑みを浮かべて言った。

「だって、二キロなんて走るの久々だもん」

真鈴はげんなりした表情で言った。

「まあ、いいわ。初めから飛ばしてケガしたら大変だし。家から往復で四キロあるから、サイクリングコースは一キロだけにしましょう。それで五キロになるから」

コーチ役を兼ねている母が行く手を指さした。

「五〇〇メートル走って引き返すのね」

「そう。だんだん距離を延ばしていけばいいから。今日のところは、本番の十分の一で」

「わかった」

真鈴はやっとやる気になった。

「キロ八分くらいでいいから」

母はペースや走行距離がわかるGPSウォッチを装着している。初めのうちだから、いたって遅いペースだ。

「こうして見ると、いろんな人が走ってるわね」

母のピッチに合わせて走りながら、真鈴は言った。

「レベルもピンからキリまで。大学の駅伝部のランナーとかも走ってる」

「ふーん」

うしろから猛スピードで抜いていったのはランナーではなかった。ロードバイクだ。

「いまみたいにロードバイクもびゅんびゅん来るから、いきなり走路を変えたりしないほうがいいよ」

「うん」

「じゃあ、今日はこのあたりで折り返し」

距離が頭に入っている母は、目印になる標識のところで折り返した。

しばらく行ったところで、明らかに格が違うとわかるランナーとすれ違った。

「あっ、いまの人」

真鈴は立ち止まって振り向いた。

「どこかで見たことがあるわね」

母も足を止めた。

「えーと、だれだっけ？　テレビで見たことある」

父はマラソンや駅伝の番組をすべて録画して熱心に観ていた。真鈴もその影響で一流ランナーの名前はそれなりに知っていた。

「だれだっけ？　歳のせいで、すぐ出てこないわね」

母はもどかしそうに自分の頭を指さした。

「変わった名前の人だったような気がするけど……」

「そうそう、犬の名前みたいな」

「あー、出てこない」

しばらく額に手を当てていた真鈴は、あきらめの表情になった。

結局、そのときはどうしても思い出すことができなかった。

もう一つ、素朴な疑問が残った。いますれ違ったのは、かつては日本を代表する名ランナーだったはずだ。なのに、どうして一人で多摩川の河川敷を走ったりしていたのだろう？

その疑問が解けるのは、だいぶ経ってからのことだった。

4　三軍の男　～スタート九か月前

千々和純一《ちぢわじゅんいち》は、日の丸のついたユニフォームで走ったことがある。

まだ二十一歳の若さだった。大学三年生の夏に、純一は陸上の世界選手権に出場した。トラックレースの五千、一万メートルともにアフリカ勢の壁が厚く決勝には残れなかったが、行く手には洋々たる未来が拓けているはずだった。

千々和純一は、常に駅伝のスター選手だった。中学二年生のときから、すでに都道府県対抗駅伝のメンバーに選ばれていた。高校駅伝では強豪校に所属し、区間賞を連発するとともに全国制覇に貢献した。

純一は鳴り物入りで関東の名門校に進学した。箱根駅伝では、持ち前のスピードを活かせる三区のスペシャリストとして活躍し、三年時には区間記録を大幅に更新した。

純一が世間を驚かせたのは、大学四年生のときだった。それまでは日本でも有数のスピードランナーという評価で、距離があまり長くなるとどうかと不安視する向きもあった。しかし、その懸念を払拭する走りを純一は披露した。まず、最終学年の箱根駅伝では花の二区を走った。下り基調でスピードが活かせる三区と違って、二区は権太坂《ごんたざか》と終盤の戸塚の厳しい上りが待ち構えている。距離も長い。タフさも求められるコース設定だ。この難関を走った純一は、並みいる強豪を抑えて区間賞を獲得した。外国人留学生にも負けなかった。純一を見る世間の目は変わった。

さらに、陸上ファンを驚かせたのは学生として最後に挑んだ初マラソンだった。びわ湖毎日マラソンに臨む純一の前評判は、期待と不安が相半ばしていた。いかにロードで実績があっても、マラソンは別物だ。三〇キロまではもっても、残り一〇キロで大きくバテてしまうのではないかという懸念も根強くあった。マラソン向きのフォームかどうかも、意見が分かれるところだった。上下動のない滑るような省エネ走法がマラソン向きだと言われている。その点、純一の走り方にはいくらか跳ねるようなところがあった。

あの走り方だとマラソンはもたない。ラストに大失速して二時間三〇分くらいかかるんじゃないか？

そんな冷ややかな見方をする者も多かった。

だが、純一の初レースは見どころ充分だった。三〇キロまで先頭集団に食らいつき、海外からの招待選手が飛び出したあとも懸命に粘った。気温が高かったこともあり、さすがに残り五キロからは失速してしまったが、日本人トップの二時間一〇分台は堂々たる初マラソンの記録だった。

そのレースっぷりを評して、解説者はこう言った。

「次のオリンピック、トラックかマラソンか、千々和君はどちらでもいけそうですね」

その言葉にうなずいた陸上ファンは少なくなかった。ランナー千々和純一の前途は明るかった。

*

複数の実業団から誘いを受けた純一は、名門のトップ電装のユニフォームを着ることになった。クリムゾンレッドに白抜きで「Ｔｏｐ」と斜体で記されているおなじみのユニフォームに袖を通すことは、若い陸上選手のあこがれだ。コーチングスタッフ、練習環境、引退後のフォロー。どれをとっても非の打ちどころがない。純一がトップ電装を選んだのはうなずける選択だった。

実業団の選手は結果を出していかなければならない。その期待に、純一は初年度から応えた。新春のニューイヤー駅伝では、いきなり区間新の快走を見せた。チームも三年ぶりに優勝を果たしたが、その原動力となったのは千々和純一だった。

二度目のマラソンに、純一は秋のシカゴマラソンを選んだ。先々のことを見据えて、早めに海外遠征を経験を積ませるというスタッフの方針もあった。その反動がなければ、世界選手権の国内選考レースをどこか走り、あわよくば次のオリンピックの出場権を狙う。世界選手権で入賞し、なおかつ日本人最上位ならば、代表の座をいち早く決めることができる。また、たとえマラソンで代表権を得られなくても、トラックならばすでに前回の世界選手権の代表になっている。純一の力なら、トラックの代表になることはそう難しいことではなかった。

シカゴマラソンに臨むにあたり、純一はトップ電装陸上競技部のホームページにこんなメッセージを寄せて意欲を示した。

二度目のシカゴでは、日本最高記録の大幅更新を狙っています。二時間五分台の前半をできれば出したいです。いや、出します。

監督やコーチとも相談して、新しいトレーニングにも取り組んでいます。見ていてください。

青年ランナーの熱意と自信が感じられるメッセージだった。

新しいトレーニングにはハードルや短距離のスタートダッシュも含まれていた。そのかたわら、股関節の可動域を少しでも広げるストレッチを入念に行った。ストライドがたとえ一センチでも自然に伸びれば、フルマラソンの記録は短縮される。純一のスタッフはそう考えたのだ。純一は必死に練習に取り組んだ。

だが、その代償は大きかった。股関節にいままでにない痛みを感じた純一はしばらく練習を休んで様子を見た。そこで精密検査を受け、徹底的に治療に努めていれば、あるいは傷口が広がらずに済んだかもしれない。しかし、純一は前を向いていた。前しか見えていなかった。なおもシカゴマラソンで日本記録を更新するための練習を続けていた純一は、故障箇所を悪化させてしまった。

大腿骨頸部《だいたいこつけいぶ》の疲労骨折だった。どちらかといえば女性アスリートのほうに多い故障で、股関節の痛みが伴う。ハードルや短距離のスタートダッシュ、それに股関節の可動域を伸ばすためにハードなストレッチを反復して行っているうち、肉体が厳しい負荷に耐えられずに故障に至ってしまったのだった。

そこからの純一の陸上人生は、苦難の連続だった。疲労骨折はどうにか癒えたが、股関節の不調は続いた。左右のバランスも悪くなった。以前からいくらか上下動があった純一のフォームは、いったん崩れだすと歯止めが利かなくなった。

シカゴはもとより、国内の代表選考会にも出場することはできなかった。トラックレースの記録も同じランナーとは思えないほどだった。かつては一万メートルを二七分台で走ったランナーが、三〇分すら切れず、屈辱の周回遅れになった。

さまざまな治療を施しても股関節が治らないため、複数の医師の意見も聞き、思い切って手術をすることになった。純一はまだ若い。高いポテンシャルを持っていることはわかっている。たとえ遠回りになっても、元から治そうという判断だった。

手術のおかげで、股関節の不調はなくなった。しかし、純一の走りが元に戻ることはなかった。いったん狂った歯車は、どうしてもかみ合ってはくれなかった。

純一は駅伝のメンバーから外れた。トラックレースにもエントリーしなくなった。練習会の記録は悲惨で、仲間から同情のまなざしで見られるほどだった。一時はすぐ手が届きそうだったオリンピックは雲の上のイベントになった。純一は選考レースにすら出場できなかった。

＊

こうして、三年が経ち、来るべき時がやってきた。

「千々和君、来月から白シャツで頼む」

監督からそう声をかけられたのだ。

「……はい」

覚悟していた純一は、消沈した面持ちで答えた。

トップ電装には陸上同好会もある。一般社員の同好会だから、エリート部員のクリムゾンレッドのユニフォームではない。真っ白で社名のロゴだけクリムゾンレッドで記されていた。俗に、三軍とも呼ばれている。陸上競技部で力が足りなかったり、故障を抱えたりするランナーは、駅伝メンバーから外れ、まず二軍落ちをする。それでも芳しくない選手は、同好会のメンバーと一緒に調整することになる。また、エリート部員の特権も剝奪され、社業に従事する時間も格段に増やされる。

かつては日の丸をつけて走った純一にとっては屈辱以外の何物でもなかったが、甘受することにした。

　いったんは白シャツになっても、きっといつか赤シャツに戻ってみせる。

　純一は固く心にそう誓った。

　広報部に所属し、社内報の編集作業に取り組んだ。かつては自分がインタビューで大きな扱いをされた社内報の取材でさまざまな部署を訪れると、しばしば「どうしてあなたが？」というまなざしで見られた。

「故障中なもので、同好会で走ってます」

　純一がそう明かすと、ほうぼうから励ましの声がかけられた。

「また駅伝で快走してくださいよ」

「復活してオリンピック、期待してます」

　そんな声に笑顔で応えながらも、心の中では冷たい風が吹いていた。復活を心に誓ったものの、トンネルの出口すら見えていなかった。

　まずは土台から、一からやり直そうと純一は考えた。いくらか跳ねるようなフォームをあえて矯正せず、逆に長所を伸ばしていこうとして大きな故障を招いた。その失敗に鑑み、とにかく故障に強い、着実に長く走れるフォームに改造することを思い立ったのだ。もともと、上下動の少ない、地を這うようなフォームのほうが長距離向きだと言われている。ずいぶん遠回りをしたが、純一は遅ればせにそちらのほうのフォームに改造することにしたのだ。

三軍落ちでコーチがいないから、一人で試行錯誤しながら走った。練習場所は会社から近い多摩川の河川敷だった。毎朝かなりの距離を走ってから出社するのが純一の日課となった。

フォームの改造には一応のところ成功したが、ここでまた大きな障害に見舞われた。走っているときになぜか片脚の力が抜け、フォームが崩れてしまうのだ。しばらく走ると元に戻るが、まただしぬけに症状が出る。追いこんでいるときに片脚の力が抜けたときは、思わずバランスを崩して倒れそうになったこともあった。

たまりかねて診断を受けたところ、ローリング病、もしくはカックン病という原因不明の障害だった。この障害に悩まされ、現役生活を断念したランナーは何人もいた。人によって障害の度合いが違い、抜本的な対策を立てにくいのがローリング病の悩ましいところだった。

フォームの改造に取り組み、三軍から這いあがろうとしていた純一の表情は、また曇りがちになった。

*

苦難が続いたのはランニング人生だけではなかった。

私生活でも次々に悲しい出来事があった。

まず、学生時代から付き合っていた恋人と別れた。同じアスリートで、会社は違うが実業団で競技を続けていた。かつてはよく連絡を取り合い、互いの応援に駆けつけたりしていたのだが、純一が三軍に落ちたころからすきま風が吹きはじめた。

別れは恋人のほうから切り出された。いまのあなたに必要なのは、すべてをなげうって支えてくれる人なのだろうけれど、わたしはその存在になることができない、という理由だった。恋人の陸上人生は順調で、初マラソンでも結果を出していた。純一は陰ながら応援していると答え、その日は遅くまで夜の街を走った。

次に、父親が死んだ。だいぶ前から体調は芳しくなく、入退院を繰り返していたのだが、とうとうこの世を去ってしまった。

陸上の血は父から継いだ。無名だが陸上選手だった父にとって、純一は大きな誇りだった。駅伝に出るときは、母とともに必ず沿道で応援してくれた。苦手な飛行機に乗り、世界選手権にも駆けつけてくれた。

病院に見舞いに行くと、ランニングの調子を訊かれ、逆に励まされた。

「元気になって、また日の丸をつけた姿を応援に行くからな」

父は病床で口癖のように言った。

「いまが底だ。負けるな」

痛みがあってつらいだろうに、自分のことにはかまわず、父は純一を励ましてくれた。

実を言うと、もう陸上をやめようかと思っていた。

これ以上続けても、過去の栄光を汚すだけだ。屈辱の同好会のユニフォームを着て、トップ電装の社員の椅子にしがみつくくらいなら、思い切って退職し、第二の人生を始めるという選択肢は充分にあった。

実際、大学の先輩から声をかけられていた。スポーツクラブのアドバイザーや、会員制ランニングクラブのコーチなど、純一ほどの実績があれば第二の人生は引く手あまただった。

だが、父の前では言いだしかねた。

「トレーニングは、してるか」

かすれた声で、父はたずねた。

「……ああ」

もう陸上をやめるとは、どうしても言えなかった。

「苦しかったことが、きっと役に立つ。いつかまた……」

父はそこで咳きこんだ。

純一はやせこけた背をさすってやった。

「日の丸をつけて走れるように、練習するよ」

もうほとんどあきらめている望みを、純一は口にした。

「そこまでいかなくてもいい。悔いを残さず、やれることをすべてやって……ああ、やりきったと思ったら、やめればいい」

純一の心を見透かしたように、父は言った。

「わかった」

純一はうなずいた。

「お父さんは、見てる……どこかで」

いつも沿道に応援に来てくれていた父は、そう言ってさびしそうに笑った。

父が死に、葬儀を終えた翌日、純一は黒い喪章をつけて走った。

いつもより遠くまで走った。多摩川を延々と下り、河口に近い羽田沖まで走りつづけた。

そして、海を見た。

喪章を風になびかせ、純一はいつまでも立ったまま海を見つめていた。

5　チャレンジ30k　～スタート七か月前

「ああ、緊張する」

真鈴は胸のゼッケンに手をやった。

「大丈夫よ。制限時間はたっぷりあるから」

母が笑みを浮かべて言った。

「でも、三〇キロのレースって初めてだから」

真鈴はそう言ってまた息をついた。

十月は走りこみの季節だ。しつこかった残暑が去り、やっと長い距離を走ることができる。オクトーバーランの成否がシーズンを左右するとまで言われているくらいで、好記録を狙うにはこの時期の走りこみが不可欠だ。

そんなランナーの練習のためにうってつけのレースがあった。多摩川チャレンジ30kだ。

主催はNPO法人ランニングマインド。多摩川ウルトラマラソンと同じ団体が仕切っていた。コースも多摩川ウルトラマラソンとほぼ同じだ。浅川の左岸が二キロ短くなっているだけで、あとは途中まで同じコースだった。

そのレースのスタート地点に、真鈴と母の姿があった。まだ募集は始まっていないが、次の多摩川ウルトラマラソンでは五〇キロの部に出場して、二人合わせて滋が走れなかった「あと一〇〇キロ」を走ることにしている。そのためのステップレースとしては絶好の条件だった。

「こんな長い距離、走ったことないからなあ」

真鈴が不安そうに言った。

「三〇キロで制限時間は五時間もあるんだから。それなりに練習してきたんだし、落ち着いて走れば絶対完走できるよ」

母は娘を励ました。

「そうね。ここを完走できたら、五〇キロまであと二〇キロだし」

真鈴は自分に言い聞かせるように言った。

「その前に、フルも走るしね」

「しかも、三回も」

真鈴は指を控えめに三本立てた。

十二月の湘南国際マラソンと三月の鳥取マラソンにもエントリーしてある。鳥取はわりとアップダウンのあるコースだが、滋はここで自己ベストを出していた。稲垣家にとっては縁のある大会だ。さらに、四月に茨城で行われるかすみがうらマラソンにもエントリーする予定だった。練習でなかなか長い距離は走れないから、大会への参加を練習代わりにするという作戦だ。七か月前に三〇キロを走り、練習を兼ねた三回のフルを挟んで、五月の初ウルトラの本番を迎える。練習量としては充分なローテーションだ。

　さきほどから延々とセレモニーが続いていた。と言っても、練習会に毛が生えたようなローカルな大会だから、名のあるゲストが招かれているわけではない。主催者の代表の走内駿介《はしりうちしゅんすけ》が軽妙な話術でしきりに笑いを取っているのだ。

「AEDを積んだロードバイクが走ってますから、心臓が止まった方は『わたし、止まってます』と手を挙げて呼び止めてください」

　そんな調子のジョークをまじえながら、競技説明を続けていく。

「面白いわね、あのおじさん」

　真鈴の表情がやっとやわらいだ。

「名物男だから。ご家族で大会の運営をやってるんですって」

　母が言った。

「エイドが充実してるそうだから楽しみね」

　真鈴が言うとおり、ランニングマインド主催の大会はエイドの食べ物や飲み物が充実していることで有名だ。エイドを目当てに参加しているランナーも多いと聞く。

「では、ゴールでお待ちしています。がんばりましょう！」

名物男の挨拶がやっと終わった。

ほどなく、多摩川チャレンジ30ｋの号砲が鳴った。

＊

ランニングマインドは家内制手工業みたいなものだから、とは代表の走内駿介の口癖だ。実際、そのようなものだった。多摩川からほど近い場所にある走内家は、間取りこそそれなりだが、築が古くてあちこちにガタが来ていた。ここが住居兼オフィスだ。

妻の保美《やすみ》も元陸上部で、マラソン大会で知り合って意気投合した。子供は三人いる。男の子は一馬《かずま》と速《はやし》。駿足ランナーになるようにとの願いをこめて命名し、それなりに英才教育を施したのだが、どちらも父の駿介に毛が生えた程度の陸上部員で終わった。

末の娘は半ばやけを起こしてコスモスと名づけた。箱根駅伝の三区で区間記録を持っていた留学生ランナーのオンディバ・コスマスを彷彿するランナーにというひそかな願いだったのだが、やはり蛙の子は蛙にしかならなかった。

多摩川ウルトラマラソンのほかにも、月例大会や練習会などの小さなイベントをいろいろ手がけている。参加証はがきを発送したり、エイドの食料や飲み物を手配したり、手が足りない場合はボランティアを募集したり、やらなければならないことはたくさんあった。

交渉事は代表の駿介の仕事だ。たとえば多摩川ウルトラマラソンでは、数多くの自治体を通る。その役所などに足を運び、ひたすら頭を下げながら使用許可を得なければならない。手が回らないときは、息子たちが代理で赴くこともあった。父も長男の一馬も人当たりが良く、だれにでも好かれる性格だったから、役所の担当者もいいように取り計らってくれることが多かった。

交渉事はそれだけにとどまらない。スポンサーの確保も大切な仕事だ。スポンサーと言っても、大手のものはつかない。学校の同級生などの地縁も活かして、地元の企業をこまめに回り、いくらかなりとも支援を得られるように粘り強く交渉を行っていくのだ。学校などに納品している地元のパン工場からは、いつもエイド用のパンを安く譲ってもらっていた。おかげで、ランニングマインド主催の大会の「あんパンとクリームパン」はエイドの顔の一つになった。

最後のランナーにまで水と食料を、というのが駿介のモットーだから、当然のことながら余りが出る。マラソン大会の翌日から、走内家の食卓はエイドの余りばかりになる。

「あんパンもクリームパンも、見ただけで食べたような気になるな」

「バナナジュースだって飲まなくてもわかる」

「マラソン大会が終わったら、半月ほど余りの梅干しばっかりなんだから」

子供たちはそう言って嘆いた。

むろん、捨てることはない。家内制手工業は倹約第一だ。切り詰められるところはできるだけ切り詰め、それでいてランナーへのサービスの質を落とすことなく、ランニングマインドの評判を維持しながら大会を積み重ねていく。そのあたりが腕の見せどころだった。

そろそろ先頭ランナーが折り返しに差しかかるころ、走内駿介の携帯端末が鳴った。

「ああ、健ちゃん、お世話になってます。どうですか、そちらは」

電話の相手は、高校の同級生で、地元で建設会社を営む杉山健一《すぎやまけんいち》だった。

「いつもどおり、盛り上がってるよ」

明るい声が響いてきた。

「杉山建設の私設エイドは、うちの大会の目玉だから」

と、駿介。

「私設エイドが目玉って、主催者としてまずいじゃない」

「まあ、そこはそれってことで。トイレもありがとね。ほんとに助かるよ」

駿介は見えない相手に向かっておじぎをした。

マラソン大会には欠かせないものがいろいろあるが、トイレもその一つだ。ランニングマインドが主催する大会は数百人、多くても千人の小規模だが、それでもトイレの確保は欠かせない。

資金が潤沢な主催者なら、仮設トイレをたくさん手配することもできる。マンモス大会で仮設トイレがずらりと並ぶさまはおなじみの光景だ。しかし、貧乏な主催者はそうはいかない。できるだけ公設のトイレだけで済ませ、レンタル料がかかる仮設トイレの数は極力抑えたいというのが本音だった。

府中の森を発着点にしたのは、公設トイレの数を含むキャパシティとアクセスの良さを考慮したからだった。多摩川に関しては、コース上に十分な数のトイレがあった。沿道のコンビニも使わせてもらう許可を取ってある。

問題は、浅川だった。こちらは公設トイレが多摩川より極端に少ない。やむなく仮設トイレを何基か入れようかと思案していたとき、同級生から救いの手が伸びた。杉山建設の社員寮はコースのすぐそばにある。福利厚生に力を入れている企業だから、トイレも快適だ。また、建設業という仕事柄、仮設トイレは多めにキープしてある。マラソン大会では、男性用に仮設トイレ、女性用に社員寮のトイレを提供してくれることになった。

「ウォシュレット付きのトイレがあるマラソン大会って、ほかにあんまりないだろう」

杉山健一の声が弾んだ。

「ないない。東京マラソンにも勝ってるぞ」

駿介は大きく出た。

「とにかく、どんどんバナナとオレンジを切って出してるから、またあとで」

「おお、ありがとう。あとで行くよ」

ランニングマインドの主催者は、笑顔で通話を終えた。

＊

真鈴と母は、その名物エイドに差しかかった。

「はい、ここは私設エイドです。全部持ち出しでやってますよ」

「お姉さん、コーラあるよ」

真鈴に紙コップが差し出された。

「じゃあ、いただきます」

「わたしはカステラを」

母が手を伸ばす。

「どんどん持ってってください」

「明日の寮の朝食は余ったカステラなんだから」

エイドのスタッフがそう言って笑いを取った。

「ここまで来たら大丈夫ね、ママ」

一気にコーラを飲み干してから、真鈴が言った。

ランニングを始めてから、ありふれた飲み物のありがたさが身にしみてわかるようになった。一杯のただの水で生き返る思いをすることもある。コーラならなおさらだ。

「そう。あとは多摩川に戻ってスタート地点へ向かうだけだから」

と、母。

「五〇キロはあと二〇キロあるけど」

「ハーフ一回だけって考えればいいのよ。一〇〇キロの部だったら、あと七〇キロもあるんだから」

母の言葉に、娘はうへぇという顔つきになった。

「ウルトラも出られるんですか?」

スタッフが問う。

「ええ。二人で五〇キロの部に出ようかと」

真鈴が答えた。

「去年は一〇〇キロに出たんですけど、途中の関門に引っかかっちゃって」

母が苦笑いを浮かべた。

「今年は二人で足して一〇〇キロにしようかと思ってるんです」

父の念願だった多摩川ブルーのところは伏せて、真鈴が言った。

「そうですか。ここを試走しとけば、本番は大丈夫ですよ」

スタッフが笑顔で言った。

「こちらの大会はエイドが充実してるんで、次のエイドを楽しみに走ったら、なんとかなるような気がします」

真鈴も笑みを浮かべた。

「がんばってくださいね」

私設エイドのスタッフに励まされて、真鈴と母はまた走りだしていった。

＊

「また出たのか、あいつ」

走内駿介の眉間にしわが寄った。

通話相手は次男の速だった。ロードバイクが趣味の速は、ＡＥＤを積んだ自転車をゆっくり走らせながら、参加者に異常がないか監視する役をつとめている。長男の一馬と違って口数が少なく、ひとところは「家業」を嫌がってスポーツショップの店員などをやっていた。人付き合いが苦手なせいかどこも長続きせず、いまはランニングマインドのスタッフに戻っている。次男が進んで手伝ってくれるようになればというのが両親の願いだが、まだどうもはっきりしないところがあった。

その速から「快速ホームレス」が出現したという連絡が入った。多摩川と浅川の河川敷をねぐらとするホームレスで、追い立てを食うたびに素早く場所を変えながら暮らしている。畑の作物を勝手に盗んで食べたりするから、河川敷では嫌われ者だ。「快速」という名が冠せられるのはほかでもない。どうやらむかしは実業団の選手だったらしく、素人と競走したらまず負けることはない。

「例によって、勝手にレースに参加してアドバイスをしたりしてるけど」

速が告げた。

河川敷で行われるレースに飛び入りで加わり、素人ランナーのフォームをチェックして文句をつけたりするから、快速ホームレスは煙たがられていた。

「あいつ、いろいろうわさを聞いたら、どうやらおれの後輩らしい」

駿介が言った。

「へえ、そうなんだ」

と、速。

「まあいいや。いずれひっつかまえてやる」

駿介は声に力をこめた。

＊

「お疲れさまでした！」

スタッフが笑顔で出迎え、フィニッシャーズタオルをゴールしたランナーの肩にかけた。

ランナーズマインド主催の大会は参加賞も充実している。完走するともらえるタオルは、その質の良さで重宝がられていた。ゴールしたランナーにはスポーツドリンクのペットボトルも渡す。まずは給水が大事だ。

「マインド鍋、奥のほうへお進みください」

走内コスモスが身ぶりをまじえて言った。

ゴールしたランナーには、具だくさんの鍋が無料でふるまわれる。いつのまにかマインド鍋と呼ばれるようになったから、主催者側もその名称を用いていた。

「はい、どうぞ。お代わりもできますよ」

走内保美がプラスチックの容器を差し出した。

鍋を手伝っているのは、地元の婦人会の面々だ。人脈が広くて人望もある保美のもとへは、ボランティアがたくさん集まってくる。

長男の一馬はスイーパーをつとめていた。最後尾のランナーについて、完走できるように励ましながら自転車で進む。ただし、無理そうならリタイアを進め、もっとも効率のいいやり方でスタート地点まで搬送しなければならないから、なかなか難しい役目だ。

マラソン大会にはアクシデントがつきものだが、重大な事故が起こったら、その大会の存亡にかかわる。急病人が出た場合の対処の仕方については、あらかじめ事細かに打ち合わせてあった。最後のランナーが無事ゴールしてくれると、走内一家もほかのスタッフも、ほっと胸をなでおろす。

そのゴールに向かって、真鈴と母は一歩ずつ進んでいた。

「あと一キロくらい？」

真鈴が問う。

「そう。さっき表示があったよ」

母が答えた。

「見逃しちゃった」

「終盤は疲れてくるからね」

「いろんなことがあったけど、やっとゴールね」

真鈴はそう言って、はあっと息を吐いた。

ハーフくらいまではなんとかなったのだが、そこから先が長かった。本当に、泣きたいくらいに長かった。

真鈴はとうとう歩きだした。一度歩いてしまうと、足を始めとしてほうぼうが痛くて、もう走れなくなってしまった。歩いていると次の距離表示がなかなか見えてこない。つらいレースになった。

母も走るのをやめて、一緒に話をしながら歩いてくれた。

そのうち、ホームレスとおぼしいひげ面の男から説教された。

「あと一〇キロもないんだから、走りな」

「でも、足が痛くって」

真鈴はシューズを指さした。

「ちゃんとフィッティングしてないからだよ。足は午後のほうがむくむから、そのときにひもをゆるめて合わせてみな。それでも駄目ならワンサイズ上げるか、ワイドタイプにするんだ」

いやに詳しいホームレスだった。

ただ歩いているだけだと退屈だから、しばらく話をしながら進んだ。

「おれの現役のころなんか、朝と夕方に三〇キロずつ走ったもんだ」

そう言って自慢するから来歴を訊くと、もとは実業団の選手で、マラソンでオリンピックを目指していたらしい。ところが、チームが廃部になったり、指導者とそりが合わなかったり、いろいろあって嫌になり、いまは「河川敷の専任コーチ」を自任しているという話だった。

ウルトラマラソンの五〇キロの部に出ると告げたら、どこかひねくれてはいるが根は気が優しそうなホームレスは、府中四谷橋が見えてきたところで見送りがてら、励ましの言葉をかけてくれた。

「まだ半年あるんだから、がんばりな。当日はアドバイスしてやっからよ」

「はい、がんばります」

真鈴は笑顔で答えて、久々にゆっくりと走りだした。

だが、それから五〇〇メートルも続かなかった。橋に向かう上りであごが上がってしまい、真鈴はまた歩き出した。そこからゴールアーチが見えてくるまで、一度も走ることはなかった。

「本番はあと二〇キロ長くなるから、気を入れていかないとね」

　母が励ます。

「五〇キロだったら、こんなに歩いたら危ないかも」

真鈴はつらそうな顔で答えた。

やっと行く手にゴールアーチが見えてきた。

「最後は、笑って」

母がうながした。

「うん」

真鈴の表情が少し晴れた。

二人は手をつないで、笑顔でゴールした。

6　エントリー開始　〜スタート五か月前

年が明けると、多摩川ウルトラマラソンのエントリーが始まった。

稲垣真鈴と母のかおりは、すぐエントリーを済ませた。ステップレースを含めて、出場する大会がすべて決まったので、練習にも前よりは身が入るようになった。

多摩川の河川敷の冬は寒い。なにぶんさえぎるものがないから、向かい風だと走っているうちに涙が止まらなくなってしまう。一度で懲りてしまい、本番と同じコースでの練習はしばらく休んでいた。

「今日は小春日和だから」

「でも、それなりに風はあるわね」

「せっかくコースの近くに住んでるんだから、地の利を活かさないと」

「パパが走ってた道だしね」

母と娘はそんな話をしながらゆっくりジョギングしていた。

そのうち、向こうから腰の高いきれいなフォームのランナーが走ってきた。

真鈴は瞬《まばた》きをした。

「ママ、あの人……」

軽く手で示す。

ほどなく、トップ電装のユニフォームとランナーの顔がはっきりと視野に入ってきた。

「前にもすれ違った人ね。だれだっけ?」

母がたずねた。

「千々和純一さん。あとで思い出した。世界選手権に出たけど、その後はスランプで、いまは同好会で走ってるそう」

インターネットで検索して得た情報を、真鈴は母に伝えた。

「へえ、大変ね」

母がそう答えたとき、ランナーはあっという間に近づき、すれ違って去っていった。

そのとき、真鈴がやにわに振り向いた。

そして、遠ざかっていくランナーの背中に向かって声をかけた。

「千々和さん、がんばって!」

精一杯の声だった。

千々和純一から返事はなかった。聞こえたのかどうか、それすらわからなかった。

「どうしたの?　いきなり声援を送ったりして」

母は驚いたように問うた。

「あきらめずに粘って、がんばってる人に声援を送りたくて」

真鈴は答えた。

「そうね。かつては脚光を浴びたランナーだったんだから」

母がしみじみとした口調で言う。

「でも、いますれ違った千々和さん、とっても悲しそうな顔で走ってた」

真鈴がぽつりと言った。

「いつかゴールで、笑って手を挙げる日が来るといいわね」

母の言葉に、真鈴は小さくうなずいてもう一度振り向いた。

すれ違ったランナーの背中は、もうずいぶん小さくなっていた。

＊

多摩川ウルトラマラソンは、主催のランニングマインドにとっては最大のイベントだ。

一〇〇キロの部と五〇キロの部、二つ併せても千人が定員の大会だが、いつもどおり年末年始も返上で準備を整え、パンフレットとポスターも刷り上がった。少しずつ認知度が上がり、エントリーが開始されてから一週間以内にほぼ定員が埋まるようになった。だから、街貼りのポスターはもう必要ないのではないかという声もあったが、代表の走内駿介はこだわりを捨てなかった。

「街でポスターをたまたま見かけて、『よし、走ってみよう』っていう気になる人もいるはずだ。そういうランナーが一人でもいるうちは、街貼りのポスターはやめないよ」

二人の息子は「インターネットの募集だけでいいのじゃないか」という意見だったが、妻の保美もポスターには賛成だった。

「このポスターは、ランニングマインドの宣伝にもなってるんだから」

「そうそう。走らせてもらってる多数の自治体のほうぼうに配るだけでも、結構な枚数になる」

日頃から役所の根回しに余念がない駿介が言った。

「でも、今年はとくにいい感じに仕上がったわね」

「そりゃ、デザイナーがいいから」

走内コスモスが笑みを浮かべて母に言った。

家内制手工業につき、外部のデザイナーに任せず、コスモスがすべて手がけている。

「いや、今年はことに気合を入れてポスターの文句を考えたので」

駿介が指さした。

そこには、こう記されていた。


決断するのは、いまだ。

人にはみな、走る理由がある。走らなければならない時がある。

前へ進むのは、いまだ。

その一歩を踏み出せば、風景が変わる。コースがきみを待っている。

風はその背に吹く。


冒頭の言葉は、ポスターのメインフレーズにもなっていた。

「決断するのは、いまだ！」

目を引く字体と色で、そう記されている。ポスターを見た人が思わず足を止めるほどのインパクトだった。

「風はその背に吹く、って、何にでも通じる言葉だな」

長男の一馬がポスターを見て言った。

「そうそう。がんばった人の背中には、そっとだれかが風を吹かせてくれるの」

妹のコスモスが言う。

「それで完走できるほど甘くはないんだがな」

駿介が笑みを浮かべた。

「じゃあ、ポスターを見て参加して、レース後に後悔する人もいるかも」

と、保美。

「いや、後悔するのはウルトラのレース中」

長男の一馬が突っ込みを入れた。

「後悔するのも人生のうちさ」

駿介はさらりと言った。

「とにかく、ウルトラに出てみなければ絶対に見えてこない風景は、きっとあるはずだ。『その一歩を踏み出せば、風景が変わる』」

睡眠時間を削って、必死にあでもない、こうでもないと思案した末にやっと出てきたフレーズだった。

一家の大黒柱の言葉に、家族から異論は出なかった。

＊

多摩川ウルトラマラソンの会場に近い府中の町にも、ポスターは貼られた。

競馬が開催されているとき、府中本町の駅はにぎわう。開催日だけ特別ゲートが開くほどで、たくさんの競馬ファンが詰めかける。そのなかには、多摩川ウルトラマラソンのポスターに目をとめる者もいた。たいていの競馬ファンの見方は冷ややかだったが、ごくまれに、足を止めてじっくりとポスターに目を通す者もいた。

三谷祐介《みたにゆうすけ》もその一人だった。

高校時代は八〇〇メートルの選手だった。県大会で決勝に進んだものの、七位に終わったのがおもな実績だ。それからは、川崎の実家を出て、職を転々とする人生だった。二十代も半ばになったが、飲食関係の契約社員で生活の保証は何もない。拘束時間がむやみに長く、アパートに帰るとぐったりする。残業代が出ないわけではないからそれなりに実入りはあるけれど、このまま長く続けるかどうか悩ましいところだった。

高校時代に陸上部だったとはいえ、祐介は中距離の選手だからマラソンとは無縁だった。マラソン以上の距離を走るウルトラマラソンなんて、存在自体を初めて知った。

時間をかけてそんなに走って、いったい何が面白いんだろう……。

最初は率直にそう思った。

なのに、ポスターをじっと見入ったのは、コース図が気になったからだった。祐介の実家は川崎の武蔵小杉だ。小さい頃から、多摩川の河川敷でよく遊んだ。幼稚園から中学校まで、歩いてすぐ河川敷へ行けるところにあった。

多摩川ウルトラマラソンの一〇〇キロの部は、多摩川大橋の近くまで行って府中のほうへ引き返していく。コース図を見ただけで、さまざまな情景が浮かんだ。

一〇〇キロ走るなんて絶対に無理だな……。

苦笑いを浮かべると、祐介はいったんその場を立ち去り、食事をしにいった。最終レースに持ち金を突っ込んでしまったから、立ち食い蕎麦しか食べられなかった。なんだか砂をかむような味がした。

たまの休みに競馬場へ行って、ずいぶん負けて帰っているようでは、まったく先が思いやられた。このままじゃいけないことは、祐介も痛いほどわかっていた。

食事を終えた祐介は、すぐ電車には乗らなかった。少し迷ってから引き返し、またあのポスターを見た。

「前へ進むのは、いまだ」

その言葉が、いやに重く感じられた。

もう一度、コース図と募集要項をあらためる。母がいる実家には、ごくたまにしか帰っていなかった。ときどき思い出したように母から電話があったり、物が届いたりする。

早く家へ帰って、家業を継いでおくれ。

本当はそう思っているのだろうが、口には出さない。

祐介の実家はクリーニング店だった。祖父の代からの個人営業だ。チェーン店のライバルも多いから、だんだん先細りになってきている。祐介の小さいころから、暮らし向きはあまり楽ではなかった。祐介が高校生の時に死んだ父とは、むかしからあまり折り合いが良くなかった。バッチ姿でアイロンをかけながら、だれが馬鹿だ、だれが悪いと、父は人の悪口ばかり言っていた。酒癖も悪く、酔ってトラブルを起こし、母が頭を下げに行ったことも何度かあった。

そんな父がなりわいにしていたクリーニング屋のおやじに、祐介はなりたいとは思わなかった。母もその気持ちを知っていたから、あえて家業を継いでくれとは言わなかった。配送まで一人でやっているので、なかなかに重労働だ。それでも、母は泣き言をこぼさなかった。

これに出れば、帰れるのか……。

祐介はふとそう思った。川崎で折り返して府中のゴールを目指したら途方もない距離になるが、始めから片道でやめるつもりなら、武蔵小杉までは行けるはずだ。

そんなことを考えていた祐介は、ふと苦笑いを浮かべた。この大会の参加費は一万円を超える。南武線に乗れば一本で帰れるのに、好きこのんで走っていくのはバカだろう。

それでも、「多摩川ウルトラマラソン」という選択肢は、祐介の心の中にしっかりと根を下ろした。

「その一歩を踏み出せば、風景が変わる」

最後に小さく声に出して、祐介はその言葉を読んだ。

7　五月の約束　～スタート四か月前

「練習してなかったから、体が重い」

多摩川の河川敷をゆっくり走りながら、真鈴が顔をしかめた。

「お正月で体重も増えちゃったしね」

「湘南のあとに楽しちゃったから」

「完走のごほうびに食べ過ぎちゃったし」

母は苦笑いを浮かべた。

十二月の湘南国際マラソンを、真鈴はなんとか完走した。しかし、内容はいま一つだった。湘南は制限時間が六時間半とゆるめで、アップダウンも少ない。暑い季節でもない。当日は風もなかった。これ以上は望めないほどの条件だったのだが、真鈴は後半に苦しんだ。

この大会は、普段は自動車専用の西湘バイパスを走れるのがセールスポイントだ。ただし、いったんゴール地点の大磯プリンスホテルの前を通り過ぎ、二宮の第二折り返しまで走っていかなければならない。これが精神的につらい。おまけに、高速道路をコースにしている関係で、二宮の折り返しまでエイドの間隔が空いてしまう。もちろん、高速に私設エイドは出ない。

このタフな終盤を、真鈴はほとんど歩いてしまった。体力の消耗ばかりでなく、足も痛くなった。

しかし、制限時間が迫ってきたので、ラストの一キロだけは母に励まされながらよたよたと走った。

しかし、最後に急坂がある。上らなければゴールできない。真鈴は腰に手を当てながら、前かがみになって必死に歩いた。やっとの思いでゴールして、瀟洒《しょうしゃ》な完走メダルを首にかけてもらったとき、制限時間へのカウントダウンが始まった。危ないところだった。

次の鳥取マラソンは六時間制限でアップダウンが厳しい。もっと練習しないといけないことはわかっているのだが、冬の風の冷たさに、なかなか外で走る気にならない日が続いていた。

「まあ、でも、本番は五月だから」

真鈴は言った。

「そんなこと言ってると、あっという間に本番が来るわよ」

母がおどす。

「その前にあと二回フルを走るし、五〇キロを完走する力はつくと思う」

真鈴は自分に言い聞かせるように言った。

向こうからまた一人、ランナーがやってきた。同じ練習コースを走るランナーは多いが、相手があまり速いと気おくれがして、片手を挙げて会釈したり、あいさつしたりする気にはなれない。

だが、そのランナーはいたってゆっくりしたペースだった。真鈴よりさらに遅いかもしれない。

これだと、かえって無言ですれ違うほうが気づまりだ。

「こんにちは」

真鈴は先に声をかけた。母も右手を挙げてほほえむ。

中年の男性ランナーも気づいて手を挙げた。

＊

「ゆっくりだけど、今日は三キロ走れたよ」

久々のジョギングから戻ってきた浜中慎一郎《はまなかしんいちろう》は、妻に向かって言った。

「そう、良かったわね」

妻が笑顔で言う。

「途中ですれ違ったランナーから声をかけられたりした。やっぱり走るのは気持ちがいいね」

慎一郎は満足そうに言って、額の汗をぬぐった。

「でも、あんまり無理しないでね。病み上がりなんだから」

「ああ、わかってる」

軽く右手を挙げると、慎一郎は自室のほうへ向かった。

年に一度の人間ドックで思いがけない病気が見つかり、手術に踏み切った。かなり長時間に及ぶ手術だったが、患部は無事剔出できた。今後に不安はあるが、気にしていても仕方がない。リハビリに励み、養生につとめるしかない。

散歩から始めたリハビリは、やっとジョギングを再開できるまでになった。その距離も少しずつ延びてきた。

家族に言ったら心配されるからまだ告げていないが、マラソン大会にもエントリーしてある。多摩川ウルトラマラソンの五〇キロの部だ。大病明けなのだから、ハーフマラソン、いや、一〇キロなどをゆっくり走ろうとするのが普通の考えだ。いきなりフルマラソンでもどうかと思われるのに、ウルトラにエントリーしたのには、ある一つの理由があった。

自室に戻った慎一郎は、パソコンを立ち上げ、ネットに接続した。まずチェックしたのは、ランニング専門のランニングカフェというSNSだった。療養期間に、慎一郎はランニングカフェを始めた。ランナーやトライアスリートなどの交流の場として根強い人気のあるSNSで、暇なのをいいことに熱心にやっていると、しだいにラン友が増えていった。

日記を更新すると、ラン友がコメントをくれたり、「応援してます」「すごい」「写真いいね」というフラッグを振ってくれたりする。「シンさん」というネームで登録している慎一郎がリハビリの過程を事細かに記した日記を更新するたびに、たくさんの「応援してます」フラッグが振られるようになった。

昨年のある日、ラン友の一人の「マキ」という人物から、突然メッセージが届いた。以前はトライアスリートとして鳴らしたようだが、このところほとんど更新がなく、トレーニングもしていないようだった。何事かと思ってメッセージを開いてみたところ、読み進めるにつれて表情が曇るような重い内容だった。


突然のメッセージで失礼します。マキ、こと、牧村信弘《まきむらのぶひろ》と申します。

貴兄の日記を拝読し、いくたびか応援フラッグを振らせていただきました。大病明けのリハビリ、大変でしょうが、焦ることなく、一歩ずつ前へ進んでいってください。

さて、その病気のことなのですが……貴兄は周到にも病院名やこの病気の権威の先生の名を略号で記されていますが、私はおおよその名がわかります。というのは、ほかでもありません。私も同じ病気で、何度か手術をしたものの転移なども見られ、とうとう先日、「余命半年、今年いっぱいがめど」という宣告をなされた身だからなのです。

初めてのメッセージで、このような自分勝手な内容を綴ってしまい、まことに申し訳ありません。ですが、貴兄が同じ病気を克服し、リハビリにつとめられ、とうとうまたジョギングを再開されたという日記に接し、わがことのように嬉しく、メッセージをお送りする誘惑に抗しきれませんでした。お許しください。

長い葛藤の日々を経て、さすがに明鏡止水とは言えぬまでも、いまは「一日が一生」と思い、悔いのなきように生きようと思っています。貴兄にはどうか、元気になられて、私の分まで多摩川のサイクリングロードを疾走していただきたいと、陰ながらお祈りしております。

かつてはトライアスリートとしてさまざまな大会に参加していた私ですが、もはやそのような望みはなくなってしまいました。それでも、ロードバイクの「最後の一台」を組み上げるべく、イタリアからハンドメイドのパーツを気長に取り寄せたりしております。家族には金銭的に迷惑をかけますが、幸いにも、「それが励みになるのなら」と許可を得ました。

この「最後の一台」が組み上がったら、もう一度、いくたびもトレーニングをした多摩川の河川敷を走ってみたい。それがいまの私のささやかな願いです。

では、どうか焦ることなく、リハビリに励んでください。応援しております。

とりとめのない乱文、どうかご容赦ください。

マキこと牧村信弘拝

そこから二人の文通が始まった。ＳＮＳのメッセージというかたちだが、内容は古風な文通と変わりがなかった。

牧村はハワイのコナで行われる世界選手権に何度も出場した筋金入りのトライアスリートだった。エイジと呼ばれる年代別の世界選手権では、銅メダルを獲得したこともある。

「有力選手があまり出ていない大会でしたが、表彰台に上ることができて感無量でした。それ以来、オリンピックなどでも、銅メダルを獲得して感激している選手をまず応援する癖がつきました」

牧村はメッセージにそう記していた。

しばらくメッセージがなかったり、ランニングカフェの更新が停まったりすると、「もしや……」と思って気が気ではなくなった。余命半年という宣告が本当に正確なら、牧村の命は昨年いっぱいで尽きてしまうことになるのだから。

それだけに、また更新があると、ほっと胸をなでおろした。まだ一度も会ったことがないのに、いつのまにか牧村が古くからの親友だったかのように感じられてきた。

「ゴールゲートを少しでも遠ざけるような治療ですが、痛みと付き合いながらここまでやってきて、どうにか新年を迎えられそうになってきました。ずっと組んできた最後の一台も、手組みのホイールと特注のサドルがそろえば、おおむね仕上がりそうです」

昨年の暮れに、牧村からはそんなメッセージがあった。

そして、新たな年が来た。

たまたま多摩川ウルトラマラソンの募集記事に目を留めた慎一郎は、一日じっくりと考えてから五〇キロの部にエントリーした。病み上がりでまだ五キロも走れていないのに、いくら開催が五月とはいえ、五〇キロのウルトラマラソンにエントリーするのは無謀な話だった。

だが、絶対に反対される家族に伏せてまで、どうしても参加したい理由があった。牧村の家は会場の府中郷土の森公園の近くにあるのだ。この大会に出れば、初めて会うことができる。

エントリーを済ませた慎一郎は、さっそく牧村にメッセージを書いた。

五〇キロの部は制限時間に余裕がありますから、これから少しずつリハビリランを続けて、後半は歩いてでも完走したいと思っています。

マキさん、ゴール地点で待っていてください。お目にかかってお話ししましょう。


牧村からは、ややあってこんな返信が来た。


多摩川ウルトラマラソンのことは、会場の近くに住んでいるので前から知っていました。ですが、まさか昨年に大手術をされた貴兄が挑まれるとは、その勇気に感服です。

これは、五月まで、どうあっても生きていなければいけませんね。いくらなんでもそのころには「最後の一台」も仕上がっているでしょう。もうレースには乗れませんが、私の最後の晴れ舞台として、応援に参ります。

必ず、待っています。もし、制限時間が来ても、貴兄がゴールするまで、私はいつまでも待っています。

五月の多摩川でお会いしましょう。

マキこと牧村信弘拝

そのメッセージを、慎一郎はいくたびも読んだ。

「五月の多摩川で……」

最後の一文を声に出して読む。

「……お会いしましょう」

ちょうどマキのランニングカフェが開いていた。

元気なころ、ロードバイクに乗って疾走する牧村の姿がプロフィール写真になっている。

そのまだ会ったことがない友に向かって、慎一郎はほほえみかけた。

8　招待選手　〜スタート二か月前

多摩川ウルトラマラソンの二か月前、真鈴は母と鳥取マラソンのスタート地点に立っていた。鳥取砂丘に近いオアシス広場がスタート地点だ。海にも近い。真鈴とかおりはスタートまで景色をながめながら待っていた。

「油断してたら最初の関門に引っかかるわよ。スタートロスがあるから」

関門の一覧表をもう一度チェックしてから、真鈴が言った。

「そんなにきつい？　心配してなかったけど」

「五キロで四三分だから。ロスタイムが三分として、ちょうどキロ八分のペース。序盤にアップダウンもあるそうだし」

真鈴は心配そうに言った。

「ちょっと貸して」

母は手書きのメモに手を伸ばした。真鈴はこれをウエストポーチに入れ、ときどきチェックしながら走ることにしていた。

「その後の関門も、どこか調子が悪くなったら引っかかりそうな気がする」

平坦な湘南国際マラソンもぎりぎりで完走した真鈴は、不安そうな顔つきだった。

一月から練習に身を入れるつもりだったのだが、風邪を引いたり仕事が忙しくなったりで思うように走れなかった。タフなコースで完走できるかどうか、真鈴が不安に思うのは当然のことだった。

「でも、ここは練習の一環として出てるんだから。行けるところまで行けたら十分よ」

母はそう言ってメモを返した。

「そうね。本番はアップダウンもないんだし」

と、真鈴。

「その代わり、暑いだろうけど」

そんな話をしているうちに、スタート時間になった。

スタート早々、フルマラソンでは珍しいほどの上り坂になる。真鈴はなんとか歩かずに上りきった。

坂を上ると、鳥取砂丘の絶景が出迎えてくれた。今日は快晴で、砂丘のはるか向こうに冠雪した伯耆大山《ほうきだいせん》まで望むことができた。そこからアップダウンを繰り返しながら市街地へ向かっていく。第一関門をクリアし、鳥取県庁前の第二関門を目指す。ここが九キロの手前になる。

「いまのところいいペースで来てるから、落とさなければ大丈夫」

　先導役の母が言った。

　多摩川ウルトラマラソンでも最終関門まで走ったくらいだから、フルマラソンを完走する力は充分にある。今日はいつもより遅いペースで、真鈴に合わせて走ってくれていた。

　第二関門も余裕をもって通過することができた。ちょうどそこにゲストがいた。かつての世界選手権の代表で、いまはタレント活動をしている男性ランナーだ。

「はい、がんばって」

　真鈴はゲストランナーとハイタッチをした。

「ありがとうございます」

　真鈴の声が弾む。

「良かったじゃない」

　しばらく走ってから、母が言った。

「うん。世界選手権に出たランナーだから」

　真鈴はハイタッチしたばかりの手を見た。

「そういえば、あの人はどうしてるかしら。えーと、だれだっけ」

「千々和純一さん？」

「そうそう。まだ練習してるのかしら」

　走りながら母が言った。

「たまに検索してるんだけど、記録会とかには出てないみたい。たぶん、故障が治ってないんだと思う」

真鈴の表情がにわかに曇った。

ゲストランナーのさわやかな笑顔と、多摩川の河川敷ですれ違ったときの千々和純一の暗い表情が、一瞬重なって消えた。

*

同じころ、千々和純一は都内の喫茶店にいた。

「で、調子はどうなんだ、千々和」

出身大学の赤沼《あかぬま》コーチがたずねた。

「長くは走れるんですが、上げるとやっぱり駄目です」

純一は答えた。

「カックン病が長引いてるんだな」

「ええ」

純一は短く答えると、コーヒーカップを口元にやった。

行きつけのスポーツショップに足を運んだところ、偶然、大学時代に世話になったコーチに会った。お茶でもと誘われ、いま話が始まったところだ。

「それなら、うちの合同練習に来ても、かえって良くないか」

赤沼コーチは腕組みをした。

「ついていけないと思います。これではいけないと思ってるんですが」

純一はカップを静かに置いて答えた。

「精神的にも余裕がありません。年明けに多摩川を走っていたら、珍しく名前を呼んで声援を送ってくださった方がいました。でも、ぼくは手を挙げて応えることすらできませんでした」

純一は心のどこかにずっと妙に引っかかっていたことを告げた。

声援を受けるのはずいぶん久々だった。こんな状態になってしまった自分のことをまだ覚えていて、声をかけてくれた人に、「ありがとう」のひと言も言えなかった。片手を挙げて会釈すらできなかった。

一人で黙々と練習しているうちに、いつのまにか心の扉が閉ざされてしまったのかもしれない。そう思うと、なおさらわが身が情けなかった。

「そうか……」

赤沼コーチは腕組みを解いた。アイスティーに口をつけてから続ける。

「で、これからどうするんだ？　いつまでもトップ電装の三軍でくすぶってるわけにもいかないだろう」

教え子に向かってコーチは忌憚《きたん》なく言った。

「それはわかってます。今年一年が勝負のつもりでやってるんですが……」

純一の言葉は歯切れが悪かった。

「第二の人生の斡旋なら、いくらでもできるんだが」

赤沼は純一の顔をちらりと見てから続けた。

「あくまでも現役でもうひと花咲かせたいと言うのなら、千々和、おまえ、ウルトラをやってみないか」

コーチはそう水を向けた。

「ウルトラですか?」

純一は驚いたような顔つきになった。いままでまったく考えなかった選択肢だ。

「そうだ。フルで結果が出なくなったから転向したのかと言うやつもいるだろうが、なに、そんなのは言わせておけばいい。練習で距離は踏めてるんだろう?」

「ええ。八〇〇を下回ることはないです」

純一は答えた。

月間の走行距離のことだ。ときには千キロの大台に到達することもある。街灯のあるところを選び、走りが好転することを祈りながら黙々と走りこむことも多かった。

「それなら、十分いけるだろう。ウルトラの速さなら、カックン病も出にくいはずだ。ウルトラと言っても、世界的な大会はある。時間走のウルトラの世界選手権などは、常に日本人が上位争いをしている。経験が物を言うところもあるから、将来、オリンピックの種目にでもなったら狙えるぞ」

むかしから選手をその気にさせるのがうまかった赤沼コーチは、なおもいろいろな大会や選手の事例を引きながら話を続けた。

純一の脳裏にある光景が浮かんだ。とにかく何かをつかみたくて、夜通し走ってみたことがある。東の空が明るみ、初めの赤が現れたときは、世界の神秘に触れたような気がした。あのときのかすかな希望に似た光を、純一は妙にくっきりと思い出した。

「どうだ。おまえがその気なら、知り合いがやってる大会を紹介するぞ。草大会だが、練習で走ってるよりは励みになっていいだろう」

赤沼コーチは言った。

「何という名の大会でしょう」

純一は問うた。

「多摩川ウルトラマラソンだ。主催のランニングマインドの代表は顔なじみだから。草大会と言っても、エイドなどはしっかりしてるし、ランナーにも愛されてる大会だ。復活の舞台としては地味だが、今後の足がかりにはなるだろう」

コーチは親身になって言った。

ひと呼吸置いて、純一は答えた。

「お願いします。出てみます」

かつてはオリンピックを目指していたランナーは、母校のコーチに向かって頭を下げた。

＊

真鈴のペースは二〇キロの手前からガクッと落ちた。

序盤の関門に引っかかったりしないように、アップダウンのあるコースをやや力んで入ってしまった。そのツケが回ってきたのだ。二〇キロの手前の第四関門はクリアできたが、トイレに並ぶタイムロスもあり、ふと気がつくと貯金が乏しくなってきた。

「どう？　これ以上落ちたら危ないよ」

時計を何度も見ながら、母が言った。

「うん、なんとか」

真鈴の口数はだんだん減ってきた。

次々にランナーに抜かれていく。鳥取マラソンは仮装ランナーも目立つ。鳥取名産の二十世紀梨やカニなどのかぶりものをしたランナーなどが真鈴をどんどん抜いていった。

ハーフを超えると、高架道路へだらだら上っていく難所が待ち受けている。ここで真鈴はたまらず歩きだした。

「次の関門が危ないよ」

「でも、坂が……」

真鈴は行く手を指さした。

練習不足に加えて、経験不足によるレースマネジメントの失敗も重なった。ひとたびペースダウンしたら立て直すのは難しい。

「しょうがないわね。行けるところまで行って、駄目なら収容バスに乗りましょう」

母が言った。

「ママだけ先に行って。まだ力があるんだし」

「べつにいいわよ。今日は練習だし、本番でも一緒にゴールするんだから」

母は笑みを浮かべた。

真鈴もそれ以上強くは言わなかった。二人は話をしながら高架道路への上り坂を歩いた。

「この大会でパパは自己ベストを出したのね」

真鈴は尊敬の面持ちで言った。

「そう。しかも、サブ3でネガティブスプリットだった」

遠征に付き合っていた母が言った。

前半より後半のほうがペースが速いことをネガティブスプリットという。三〇キロまではウォーミングアップのつもりで余裕を持って走り、三〇キロから三五キロまでのラップタイムを最速で走るようにすれば記録はついてくるとよく言われる。

しかし、実践するのは難しい。たいてい三〇キロまでで力の貯金を使い果たしてしまう。

「すごかったんだなあ、パパって」

真鈴は素直に言った。

「自己ベストが出たからほんとにうれしそうで。その晩は一緒にカニをたくさん食べたわ」

母が懐かしそうに言った。

もちろん、真鈴は遠征に帯同していなかった。もし父との仲が改善されていて、一緒に旅行をしていたのなら、その分だけ思い出を積み重ねられたはずだ。そう思うと、妙にかたくなになっていた自分を責めたい気持ちになった。

過去の自分に怒りを覚えたとき、真鈴の内部にささやかな変化が起きた。

「走る」

真鈴は短く言って、また走り出した。

「次の関門を目指す?」

「うん」

かつてパパが快走した同じ道を、真鈴も走りたくなった。たとえゆっくりとでも、もう関門に間に合わなくても。

押し寄せてくる後悔をなだめて、真鈴は走った。

「たとえアウトになっても、走って終わったら次につながるから」

伴走しながら、母が励ましてくれた。

望みがなくもなかったけれど、ラストスパートが利かなかった。第五関門には、わずか一分、間に合わなかった。

それでも真鈴は両手を挙げて関門に飛びこんだ。少しだけ、何か前向きなものをつかんだような気がした。

*

「千々和純一だって？」

長男の一馬が目を瞠った。

「ほんとに、うちの大会なんかに？」

次男の速は半信半疑の顔つきだ。

「学生時代に千々和選手を指導してた赤沼コーチから頼まれたんだ。日の丸をつけたことがあるランナーがうちの大会に出るんだぞ」

走内駿介は胸を張った。

「出るのは五〇キロの部?」

妻の保美が問う。

「それが、一〇〇キロなんだ」

「へえ、思い切ったわね」

保美は感心の面持ちになった。

無類のタフネスで鳴る、最強の市民ランナーの川内優輝《かわうちゆうき》選手を筆頭に、マラソンランナーがトレーニングの一環として五〇キロのウルトラマラソンに出る例はある。これならフルより少し長いだけだ。しかし、現役のマラソンランナーが一〇〇キロに挑戦するのはきわめて異例だった。

「なら、ゲスト扱いにしたら?」

娘のコスモスが提案する。

「そうそう、ただの出場者じゃ失礼だよ」

一馬がすぐさま乗ってきた。

「それは考えてた。さっそく電話してみる」

駿介も乗り気で言った。

その後も夕飯の食卓を囲みながら、千々和純一の話題で盛り上がった。

ランニングマインドの財政状態だと、多摩川ウルトラマラソンに華々しいゲストランナーなどは呼びたくても呼べない。五千メートルで一三分一二秒という日本歴代二位の記録を持つ千々和純一は、待ちに待ったゲストらしいゲストだった。

「ゲストランナーを呼ぶっていう話は前からあったけど、先立つものがなかったからね」

保美が言った。

「そうそう。まずはランナーのエイドとサポート態勢が優先だから」

と、駿介。

「でも、千々和さんだって、ノーギャラってわけにはいかないんじゃない？」

コスモスが問う。

「まあ、そのあたりは交渉次第で。出場料免除にお車代くらいで収まってくれれば、こちらとしては万々歳なんだが」

駿介はそろばんを弾いた。

だが、すんなりと青写真どおりにはならなかった。千々和純一の返事は予想外のものだった。

＊

「ありがたいお話ですが……」

ゲストランナーの依頼電話に対して、純一は申し訳なさそうに答えた。

「一人のランナーとして、一からやり直すつもりで、一般の皆さんと一緒に走らせていただければと」

　そう言って固辞する。

「そのお気持ちはわかりますが、千々和さんほどの実績のある選手を招待扱いにしなかったら、われわれの見識を疑われてしまいますので、ま、セレモニーなどは不得手でしたら、挨拶などはなしということにさせていただいて、実質は一般ランナーということで、あくまでも形のうえでの招待選手という扱いで、いかがなものでしょうか」

　大会当日のＭＣは名物になっているくらいだから、いくらでも舌は回る。駿介はここぞとばかりに言った。

「そうですか……」

　一方、口が重いたちの純一は、にわかに言葉に詰まった。

「招待選手と言いましても、参加料を免除にさせていただくくらいで大きなメリットはないと思います」

　駿介は続けた。

「それでも、地元のケーブルテレビは入りますし、ランニング関係者にも情報としてたちどころに伝わるでしょう。千々和純一復活となれば、今回、赤沼コーチが動かれたように、予想もつかない動きが起きて、また新たなウェーブが生まれるかもしれません。その波に乗れば、千々和さんのランナー人生もまた新たな局面を迎えることになるでしょう。そのためのささやかなパブリシティが、われわれの大会の招待選手という称号なんですよ」

さまざまな自治体を通るウルトラマラソンの大会を運営するためには、交渉事が不可欠だ。その面倒な折衝を、駿介はいままでこの話術でいくたびも切り抜けてきた。

「そういった野心ではなく……」

純一は言葉を探してから答えた。

「とにかく、一人のランナーとして、走る喜びにつながる何かを見つけることができればと思って、赤沼さんにお願いしました」

だから、招待選手ではなく、一般選手として出場したい。純一は重ねてそう言おうとしたのだが、相手の言葉のほうが先だった。

「きっと見つかりますよ」

駿介の口調が穏やかになった。

「ランナーの数だけ走る理由があって、走る喜びも生まれます。多摩川のコースには、それがいっぱい転がっていますよ」

ランニングマインドの代表は、情のこもった声で言った。

「ええ」

短く答えた純一の頭に、あの声がよみがえってきた。

（千々和さん、がんばって！）

多摩川の河川敷で、顔も知らない女性ランナーから不意にかけられた声援だ。せっかくかけてもらったのに、何も応えられなかったあの声援を、純一はまた鮮明に思い出した。

「ウルトラマラソンの当日は、その走る喜びを見つけようと集まってきた一般ランナーと同じように、招待ランナーの千々和さんも走ってください。きっと見つかりますよ、新たな喜びが」

招待ランナーとして出場することを、駿介は巧みに既成事実のように語った。このあたりの手《て》練《れん》手《て》管《くだ》にも年季が入っている。

「わかりました」

純一はもう抗おうとしなかった。

「当日は、よろしくお願いいたします」

受話器を手にしたまま、千々和純一は頭を下げた。

「こちらこそ。復活の快走を期待しています」

ランニングマインドの代表の声が弾んだ。

9　暗雲　～スタート一週間前

「とにかく治すしかないわね」

真鈴が悲愴な面持ちで言った。

「だったら、早く接骨院へ行ってきなさい」

母がうながす。

「うん」

支度をしようと立ち上がった真鈴は顔をしかめた。

昨日はかすみがうらマラソンに出場した。茨城県で行われている伝統あるマラソン大会だ。目標の多摩川ウルトラマラソンの一か月前だから、最終調整になる。湘南はなんとか完走したものの鳥取は途中の関門に引っかかってしまったから、かすみがうらではどうしても完走して本番の多摩川につなげたい。真鈴はそんな意気込みを持ってレースに臨んだ。

調子は悪くなかった。鳥取の前はロング走が足りていなかったので、長めの練習もこなした。だが、結果は最悪だった。かすみがうらマラソンのコースは前半にアップダウンがある。ここをいかに力をセーブして走り、後半のフラットな部分に備えるかがポイントだ。

しかし、真鈴は鳥取のときと同じ失敗をしてしまった。関門を気にして、初めから力んでしまったのだ。アップダウンのあるコースでむやみに力むと、ふくらはぎに負担がかかる。真鈴の場合もそうだった。二〇キロの手前で、左のふくらはぎにピリッという違和感が走った。後半になると、その違和感ははっきりとした痛みに変わった。二五キロでいったん止まり、屈伸運動などをしてみたが、症状はいっこうに良くならなかった。

「本番は来月なんだから、無理しないで歩きなさい」

並走する母はそう勧めたが、一応まだ自己ベストを上回るペースだった。未練があった。

「三〇キロまで粘ってみる」

真鈴は母に言った。

「リタイアも考えて。悪化させたら、肝心の多摩川に出られないから」

母は心配そうだった。

「わかった」

真鈴はうなずいてまた走りだした。

しかし、三〇キロを超えたところで走れなくなった。速歩きも難しいほどで、自己ベストの望みは完全に断たれた。残りの距離といまのペースを考えたら、完走も無理だろう。鳥取に続いてリタイアかと思うと、真鈴は情けない気持ちになった。

沿道のれんこん畑で蛙が泣くのどかな田園地帯を、真鈴はゆっくりと歩いた。鳥取マラソンに続いて、母も付き合ってくれた。

次の関門でずいぶん待って収容バスに乗りこんだ。みんなリタイアしたランナーだから、車内はお通夜みたいな雰囲気になるのが普通なのだが、そのバスは少し趣が違った。

力は出し切れた。ここまで走れて良かった。

あるランナーの思いがバス全体に伝わって、みんなで祝福するムードに包まれたからだ。

かすみがうらマラソンはブラインドランナーの選手権大会を兼ねている。全国から目が不自由なランナーが集まり、クラスに応じてベストを尽くす。多くの往年の名ランナーも伴走ランナーとして参加していた。

真鈴と母の近くに座った中年男性は、不運な事故による途中失明者だった。仕事も退職を余儀なくされ、絶望のどん底に沈んでいたとき、この大会のことを聞いた。

暗闇に一点の光が灯るように、かそけき希望が生まれた。それ以来、少しずつリハビリに励んできた。運動経験はまったくなかったのだが、ブラインドランナーをサポートするクラブに登録し、伴走ランナーを紹介してもらって一からランニングを始めた。そして、ついに今日の晴れ舞台を迎えたのだった。

「脚の状態が芳しくなかったので、いけるところまでいくつもりだったんです。ここまで走れて、沿道から声援をたくさんいただいて……もうそれだけで感激でした」

サングラスをかけたランナーは、感慨深げに言った。

「よくがんばったね。伝わってきたよ」

伴走をつとめたランナーは、感極まったような顔つきをしていた。

「来年は完走ですね」

真鈴は声をかけた。

収容バスに乗りこんだときは泣きたいような気持ちだったのだが、ブラインドランナーの話を聞いて、急に気分が晴れた。

「ええ。いい目標ができました。仕事とともに、がんばりますよ」

長い夜を抜けてきたブラインドランナーは、さわやかな声で答えた。聞けば、理解のある企業に再就職が決まり、パソコンを操りながら業務にも取り組んでいるらしい。

それから、真鈴は伴走ランナーともしばらく話をした。

「わたしもいずれ勉強してやってみたいです」

「それはぜひ。目の不自由なランナーの立場になって考えながら指示を送らないといけませんから、とても勉強になりますよ」

伴走ランナーは笑顔で言った。

「人生の勉強にもなりそうです」

真鈴は言った。

「なります」

すぐさま返事があった。

「ブラインドランナーの数だけ人生があって、背負っているものがありますから、一緒にゴールできたときは本当にぐっと来ますよ」

伴走ランナーの声に力がこもった。

収容バスを出て別れるとき、たまたま乗り合わせたランナーたちは、リタイアしたブラインドランナーに口々にエールを送った。

「お疲れさま、来年がんばって」

「今度こそ完走してください」

「また会いましょう」

真鈴と母も握手をした。

「ありがとう」

見えなくなってしまった目にいっぱい涙をためて、ランナーは差し出した手を握り返してくれた。なかなかに離しがたい手だった。

＊

そんなわけで、レース後の交流には収穫があったけれども、ここでふくらはぎを痛めてしまったのは痛恨の出来事だった。

とにもかくにも、治療をするしかない。真鈴は車で母が通っていた接骨院へ向かった。

治療を始める前に、体のバランスをチェックされた。案じていたとおり、体の使い方に問題があって、左のふくらはぎに負担がかかってしまったらしい。

「次のレースなどは決まっていますか?」

接骨院の院長がたずねた。

できるかぎり、「休め」とは言わないのが方針だとホームページに書いてあった。目標があるのなら、それを達成できるように患者さんとともに最大限の努力をするのが当院の治療方針だと明記されていたから心強かった。

「一か月後に走ることになってます」

「距離は?」

院長の問いに、真鈴は少し声を落として答えた。

「その……五〇キロなんですけど」

「五〇キロ?」

院長は驚いたように真鈴を見た。

「無理でしょうか。フルより長いけど、制限時間はそんなにきつくない大会なんですが」

「まあ一か月あるので、できるだけのことはやってみましょう。週に三回来られますか？」

院長はたずねた。

「うーん……二回でしたら」

真鈴が勤務する公立図書館は人手不足で、いろいろとしわ寄せが来ている。週末に一度、平日に一度が限度だった。

「わかりました。では、さっそく温熱治療から始めましょう。左のふくらはぎを痛めてしまうのは、反対側の右腰がスムーズに動いていないためだと思われます。そのあたりの治療も患部と並行して行いますので」

「よろしくお願いします」

ここでの治療だけが頼りだ。真鈴はていねいに頭を下げた。

整形外科は対処療法で、患部に湿布を貼り、痛み止めを与える。一方、接骨院にもいろいろあるが、母が前に通っていたここは、一見すると迂遠なやり方で患部を元から治そうとする。骨折しているのならともかく、元から治してくれるほうがありがたいことはたしかだが、問題は間に合うかどうかだ。

右腰の温熱療法の次は、左ふくらはぎへのマイクロ波の照射だ。そのあたたかさを感じながら、真鈴は考えを巡らせた。

もし間に合わなかったら、また来年に出ればいい。そう軽く考えようとした。

でも、パパに約束した。五〇キロの部をママと二人で完走して、「心の多摩川ブルー」のゼッケンをパパにプレゼントするのだ、と。

それに、多摩川ウルトラマラソンを主催しているのは小さなNPO法人で、ほとんど家族経営のようなものだと聞いた。距離の長いウルトラマラソンの運営は大変で、伝統ある大会もスタッフの高齢化などで幕を閉じる例がいくつかあったらしい。来年も多摩川ウルトラマラソンが開催される保証はないのだ。

スタートラインに立てさえすれば、痛み止めを飲んででも走りきるつもりだった。とにもかくにも、先生の言うことをよく聞いて、治療に集中するしかない。

最後は個室で電気治療が行われた。だんだん刺激がきつくなっていく。強いほうが効くだろうと悲鳴をあげる寸前まで我慢したが、真鈴はとうとうギブアップした。

「我慢強いねえ」

院長が驚いたように真鈴を見た。

*

その後も懸命のリハビリが続いた。左のふくらはぎにはテーピングが施された。はがれてしまったら仕方がないが、できるだけ取らないようにということだったから、真鈴は着替えのときにも注意を払っていた。

　その甲斐あって、半月後にテーピングが取れ、歩く分には痛みもなくなった。ただし、ランニ
　ングの再開はまだ無理そうだった。ここで焦って再発してしまったら、スタートラインには立てない。

「このままずっと休んでて大丈夫かしら」

　真鈴は母に言った。

「超回復って聞いたことあるでしょ？　ケガが治ったら、前よりパワーアップしてるの。それを信じましょうよ」

「うーん、でも、不安ばかり先に立っちゃって。今度はフルより長いんだから」

　真鈴の表情は晴れなかった。

「だったら、温水プールへ行こうか」

　母はそう水を向けた。

「えっ、わたし泳げないから」

「ウォーキングコースがあるの。泳げない人がいっぱい来てる。ちょっとでも体を動かして、イメトレだけしておけばいいよ」

「五〇メートルのウォーキングが五〇キロのランとか？」

「そうそう。水中だと負担はかからないし」

「じゃあ、やってみる」

さっそくネット通販で水着を取り寄せ、真鈴は母とともに温水プールへ行った。

プールで歩いてみると、多少なりとも不安は和らいだ。とにかく、やるべきことをやるしかない。完走したのは一回だけでも、曲がりなりにもフルマラソンに三回出ているのだから、練習の貯金が少しくらいはあるはずだ。

温水プールで収穫だったのはジャグジーだった。真鈴は休憩時間を長めに取り、ふくらはぎを何度もマッサージした。プールのジャグジーばかりではない。つとめている図書館から近いスーパー銭湯にも通った。温泉治療については、接骨院の院長も勧めてくれた。

頼むね。多摩川ブルーがかかってるんだから。

そう語りかけながら、真鈴は何度も左のふくらはぎをマッサージした。

そうこうしているうちに、大会が近づいてきた。カレンダーのその日には、青いマジックで花丸がついていた。


多摩川ウルトラマラソン！　完走！


はっきりとした字でそう記されている。

その脇に小さく「ゲストランナーは千々和純一さん」と書いてあった。ネットの情報でそれを知った晩はあまり眠れなかったものだ。
一週間前、真鈴はさらにそこへ言葉を書き添えた。一文字ずつ、心をこめて書いた。
パパに、心の多摩川ブルーを！

10　懐かしい席　～スタート前日

稲垣家の食卓に大盛りのパスタが並んだ。

多摩川ウルトラマラソンは、いよいよ明日に迫った。マラソンの前日は炭水化物を多めに摂って、エネルギー切れの対策とするランナーが多い。いわゆるカーボローディングだ。

「懐かしいわねぇ」

母が言った。

「パパのはもっと量があったけど」

真鈴が手をかざす。

「ほんと、富士盛りのナポリタンだったから」

母は懐かしそうに言った。

あれからも、稲垣家のナポリタンは変わらない。バターでソテーしたソーセージ、玉ねぎ、ピーマン、エリンギ、滋の好物がふんだんに入っている。オリーブオイルでみじん切りのニンニクを炒め、香りが出たところで先にケチャップを炒める。それからパスタをからめると、プロの味のナポリタンになる。

「で、どうする？　あれはつける？」

カーボローディングの食事をしながら、真鈴はたずねた。

「つけようか、やっぱり」

少し考えてから、母が答えた。

「そうね。もし質問されたら、すぐ答えられるようにしておけばいいんだし」

と、真鈴。

「さらっと答えられるようにしておけばね」

「うん」

真鈴はうなずいた。

ウエアにつけるかどうか迷っていたのは、黒い喪章だった。並んで喪章をつけて走れば目立つから理由を訊かれるかもしれない。そのたびにわけを話すのはどうかと迷っていた。

「だったら、練習いくよ」

母がフォークをマイクに見立てた。

「えっ、いきなり？」

真鈴が手を止める。

「備えあれば憂いなし、じゃない。『失礼ですが、その喪章のわけは？』」

母はマイクを突きつけるしぐさをした。

「えー、このウルトラマラソンを、おととしまで父が九年連続で完走していて……」

「あと一回で念願の多摩川ブルーだったんですけど、残念ながら病気で亡くなってしまったもので……」

「残りの一〇〇キロを二人で五〇キロずつ走って、父に『心の多摩川ブルー』をあげようと思って出場したんです」

真鈴はすらすらと答えた。

「そうですか。きっと天国からお父さんも見守ってくださっていますね」

「背中に風を吹かせてくれると思います」

「がんばってください」

「ありがとうございます」

模擬インタビューが完結したところで、真鈴と母は顔を見合わせた。

「いけるじゃない」

「思ったより簡単だったね」

真鈴は笑みを浮かべた。

というわけで、レースには喪章をつけて臨むことになった。

肝心の真鈴のふくらはぎは、走ってみなければわからなかった。また痛みが出たらアウトだから、もつかどうか試してみたいのはやまやまだったが、ぐっとこらえた。だいぶ前から痛みはなくなった。接骨院で念のためにテーピングもしてもらった。ウエストポーチには痛み止めも入れた。

　打つべき手はすべて打った。練習で距離を踏めなかったのは誤算だが、曲がりなりにもそこに至るまでにステップレースをこなしてきた。同じコースの三〇キロの大会にも出ている。あとは気力で乗り切るしかない。

「ちょっとつくりすぎたかしら」

　大盛ナポリタンをもてあましながら、母が言った。

「ウルトラは食べるスポーツだって、参考書に書いてあったけど」

　真鈴もまだだいぶ残っている。

「補給食とサプリは、くどいほどポーチに入れといた」

「胃薬もあったほうがいいと思う」

「真鈴は入れた？」

「うん」

「なら、途中で貸して」

「わかった」

　そんな会話を交わしながら、二人はさらにカーボローディングを続けた。

やっと母の皿が空になった。

「『ああ、これだけ食べたら、もう完走したようなもんだ』」

亡き滋の口調を真似て言うと、母はフォークを置いた。

くすっと笑った真鈴の手が止まった。それから、泣き笑いになった。

「やめてよ、思い出しちゃうから」

真鈴はそう言うと、フォークを置いて指で目元をぬぐった。

「ごめんね。無理に食べなくたっていいよ」

母が皿を指さす。

「うん、じゃあ……どうぞ」

いくらかおどけて、真鈴は皿をあるところへ移動させた。

そこには、まだずっと同じ椅子が置かれていた。

亡き滋の席だった。

＊

稲垣家ばかりではない。多摩川ウルトラマラソンに参加するランナーは、思い思いの調整をしていた。

一〇〇キロの部は早朝のスタートになる。早起きして車で来るという手もあるが、万全を期してホテルに前泊する者も多かった。

その一人に、千々和純一がいた。明日は久々のレースになる。やるべきことはやってきた。最後まで調整に気を遣い、スタートラインに立つことができれば、あとは気力で乗り切るしかない。

今日はパスタの大盛りでカーボローディングをした。炭水化物を多めに摂取してエネルギーを貯える方法は人によってそれぞれだが、純一は以前から古典的なやり方を採用していた。レースのある週の前半は炭水化物を断って練習し、いったんグリコーゲンを枯渇させる。こうしておけば、週の後半に炭水化物を多めに摂るとエネルギーを効率良く蓄積させることができる。

レース当日の朝は、甘くない糖質を摂る。基本は白い握り飯だ。これもコンビニで調達しておいた。

ホテルのユニットバスで、純一は念入りにマッサージした。初のウルトラマラソン、しかも一〇〇キロという長丁場だから、練習で疲労をためないように注意しながら調整してきた。練習のピークをレースから逆算して設定し、その後は量を減らして疲労を抜いていく。これをテーパリングという。トラックで世界選手権の代表になったころは、ついやりすぎて失敗することもあったが、ウルトラは負担のかかるスピード練習の必要がない。おかげで、調子は良さそうだった。

頼むぞ……。

いくたびもそう念じながら、純一はバスタブでふくらはぎをもんだ。

三谷祐介は目覚まし時計をセットした。

＊

アパートから会場までは、歩いて二〇分ほどの距離だ。寝る前に、持ち物を確認しておいた。陸上部だったころに八〇〇メートルの試合に出たことはあるが、こういったマラソン大会は初めてだ。ことに、ウルトラマラソンでは何が必要になるか、祐介はネットで情報を採取して一つずつ準備していった。

今回はたまたま故郷の武蔵小杉に向かうコースだったからエントリーしてしまっただけだった。魔が差したようなものだ。この先、べつの大会に出る予定はとくになかった。だから、ランニング用品には極力お金をかけないようにした。シューズは専門のショップで試足だけして、あとでネットショップの型落ちのアウトレット品を買った。悪いなとは思ったが、そこまで本格的な投資をする気にはなれなかった。

多摩川のコースは少し試走してみたが、すぐに飽きた。気の迷いでエントリーしてしまったが、出るのはやめようかと何度も思った。一〇〇キロのマラソンなんて、どう考えてもおかしい。武蔵小杉までの片道でも五〇キロだ。

実家の母には連絡しなかった。もらい物があったからと、先日も荷物が来たが、とくに電話もしなかった。

知り合いは一人もいない。どこまで走れるかもわからない。フルマラソンの経験もないのにいきなり一〇〇キロとは無謀な話だ。きっとどこかの関門で引っかかるだろう。

それでも、スタートラインには立つつもりだった。

「その一歩を踏み出せば、風景が変わる」

祐介はポスターに記されていた言葉を思い返した。

本当に何かが変わるのかどうか、走ってみなければわからない。とりあえず、初めの一歩を踏み出さなければ、何も見えない。

走るのだ。自分の足だけならあまりにも遠い、故郷の町に向かって。

＊

マキこと牧村信弘からメッセージが届いていた。

帰宅してすぐノートパソコンを立ち上げ、ランニングカフェのページを開いた浜中慎一郎は、文面を読むなりほっとひと息ついた。

どうにか約束を果たせそうです。明日はゴール地点の河川敷でお待ちしています。家族には少し難色を示されましたが、次女が付き添うという条件でお許しが出ました。

先月やっと完成した「最後の一台」のお披露目でもあります。河川敷がコースになっていますが、交通規制は敷かれていないと聞きました。もし貴兄がなかなかゴールされないということになれば、応援がてら下流のほうへ乗ってみるつもりです。

明日のウエアは、トライアスロンの年代別世界選手権に出たときにつくった日本代表のジャージです。わたしにとっても、これが最後の晴れ舞台になるでしょう。

わたしから言うのも何ですが、どうか無理をなさらず、マイペースでゴールを目指されてください。

お目にかかれるときを楽しみにしております。心より、ご健闘をお祈りします。

マキこと牧村信弘拝

メールには二枚の写真が添付されていた。一枚は、日の丸入りのジャージに身を包んだ往年のトライアスリートの雄姿だった。均整の取れた体格で、肩から胸にかけての筋肉がほどよく張っている。病魔に襲われたあとのやせ衰えた近影を日頃からよく目の当たりにしていたから、慎一郎は何とも言えない気がした。

もう一枚は、牧村が精魂を傾けてパーツを集めてつくりあげた「最後の一台」だった。

イタリアンブランドのクロモリロードで、水平《ホリゾンタル》で細身のシルエットが美しい。フレームは光沢のある銅色《ラマート》、ホイールやハンドルなどのパーツは銀と黒で渋くまとめている。華美に流れず、どこまでもシックでいながら、機能美の極致をも追求した、まさに「最後の一台」にふさわしいロードバイクだった。

慎一郎はこんな返信をした。

いよいよ明日ですね。こちらこそ、お目にかかれるのを楽しみにしています。

とうとう家族には切り出せなかったもので、こそこそとレースの支度をしています。府中四谷橋の先にいい温浴施設があるので、軽く河川敷でリハビリをしてから静養につとめると嘘をついておきました。それなら車で送ると息子に言われたから冷や汗をかきましたが、なんとか出場できそうです。

五〇キロの長丁場を乗り切れるかどうか、はなはだ心もとないのですが、ゴールで貴兄が待っておられると思うと、最後のがんばりが利きそうです。

当日はウエストポーチにスマートフォンを入れて走ります。もし「迎え」に来られるのであれば、ご一報いただければ幸いです。

慎一郎はそうしたため、携帯番号を記して送信した。

牧村が余命半年の宣告を受けてから、すでに一年が経った。必ず応援に来るという約束は、いよいよ明日果たされようとしている。

慎一郎はもう一度、送られてきた写真を見た。日本代表のジャージに身を包んだ牧村は、晴れやかな笑みを浮かべていた。

＊

「毎度のことながら、綱渡りの連続だな」

走内駿介は苦笑いを浮かべた。

「とくに、ウルトラはいろいろあるからねえ」

受付の確認をしながら、妻の保美が言う。

NPO法人ランニングマインドの多摩川ウルトラマラソンは、もうかなり前から始まっていた。スタートゴール地点やエイドポイントなどの設営は、前の晩のうちに済ませておくのが絶対条件だ。数はさほど多くないが、前日受付のランナーも来る。そちらの応対もしなければならない。ボランティアの人員確保や、エイドの食料と水の手配。スタッフ向けのマニュアルとタイムスケジュールの作成、その他もろもろ、目が回るような忙しさだ。

雨や風だとさらに難儀なことになる。五月だから台風は来ないが、爆弾低気圧の接近で開催が危ぶまれたことも過去にはあった。

「だいたい前日にかぎっていろいろ文句を言ってきたりするんだからな。こっちはちゃんと許可を取ってるのに」

駿介は口をとがらせた。

「多摩川のウルトラは、通る自治体が多いからね」

音響関係の設営をしながら、長男の一馬が言った。

明日は駿介とコスモスが交替でMCをつとめる。プロのアナウンサーを雇ったりしたら出費だから、ここでも家内制手工業だ。

幸いにも、懇意にしているケーブルテレビが放映に入り、スタッフが手を貸してくれることになっている。浅川のトイレを提供してくれる杉山建設など、大手は一つもないがたくさんの協賛企業と団体の力添えで、なんとか今年も開催にこぎつけられそうだった。

直前になって文句を言われないように、道路などの使用願に不備がないか、入念にチェックを入れている。それでも、許可を出した出さないというトラブルになりかけることがあった。

「通行止めにならなくて良かった」

駐車場のチェックから戻ってきた次男の速が言った。

「ほんとだよ。徐行しなきゃならないし、警備員もスタッフも増員だから頭が痛いけど」

駿介は顔をしかめた。

前日になって、降ってわいたように一般道の水道工事の知らせが入ってきた。河川敷を迂回して一般道を通るところで、終日工事が行われるらしい。

あわてて現場へ駆けつけたところ、歩行者通路は確保されるということだった。すでにランナーがばらけているところでもあるし、徐行で慎重に進むように大会側からも人員を割けば、なんとか当初の予定どおりのコースで開催できそうだった。

「あとで大会レポートに『工事現場を走らされました』とか書かれるのよ、きっと」

保美が苦笑いを浮かべる。

マラソン大会を仕切っているサイトには、大会レポートのコーナーがある。多摩川ウルトラマラソンに関しては「アットホームな味がある」「コストパフォーマンスが高い」「エイドが意外に充実している」といった好評もあれば、「コースが単調」「華がない」「交通規制が敷かれていない」「MCがうるさい」などの不評もいろいろ聞かれた。

「仕方ないさ。うちより点数が低い大会はいっぱいある」

「下を見ちゃ駄目だろう、お父さん」

一馬がすかさず言った。

「下で思い出したけど、快速ホームレスは改心してくれるかな」

速が言った。

「あれだけ言って心に響かないのなら、もう駄目だろうよ。次からは容赦なく追い立ててやる」

駿介が渋い表情で答えた。

コースの下見を行っているとき、快速ホームレスの姿を見かけた。相変わらず、通りかかるランナーをつかまえては勝手なアドバイスをして煙たがられているらしい。

「明日、うちのランナーの邪魔をするんじゃないぞ」

駿介はひげ面の男に向かって言った。

「邪魔なんかしちゃいねえよ。ちゃんとアドバイスしてるだけで」

快速ホームレスは平然とそう答えた。

「それがありがた迷惑ってんだ」

駿介はすぐさま言った。

「人から聞いたんだが、おまえ、高校は湘風学園《しょうふう》だってな」

「あ、ああ、高校駅伝も走った」

やや虚を突かれたような顔つきになったが、快速ホームレスは態勢を整え直して答えた。

「なら、おれの後輩だ。おれも陸上部だったけど、遅くてメンバーに入れなかった」

「そうかい」

「で、ちょいと気になったから検索してみたんだ、間々田幸市《ままだこういち》さん」

駿介が本名で呼ぶと、快速ホームレスは不快そうに鼻を鳴らした。

「入った実業団が続けざまに廃部になっちまって、すっかり腐っていまや自称『河川敷のコーチ』か。そりゃ同情するところもあるけどよ、せんじつめればおまえさんの身から出た錆だぜ」

「説教はされたくねえや」

快速ホームレスは吐き捨てるように言った。

「かけっこだけやってて、梯子段を続けざまに外されてやけを起こしたのはわかるけどよ、ちゃんとやってるやつはいくらでもいる」

父の言葉に、同行していた速がうなずいた。

次男の速も「家業」が嫌で一時期ふらふらしていたから、快速ホームレスの気持ちがわからないでもなかった。

「途方もなく運が悪かった。監督やコーチとも意見が合わなくてよ」

「そうやって人のせいにしてるから、河川敷の鼻つまみになってんだ」

駿介は冷たく言った。

「アドバイスをしたら、ときどき礼を言われるぜ」

快速ホームレスがあごをなでる。

「だったら、うちの練習会でやってくださいよ。いいペーサーは人材不足ですから」

やっとランニングマインドの一員の顔になってきた速が言った。

嫌々やっていた家業だが、場数を踏むにつれて参加者からお礼を言われることが多くなった。吹けば飛ぶようなNPO法人だが、ランニングマインド主催の大会には欠かさず出てくれる常連さんもいる。そういった人々と接しているうちに、速のかたくなさは少しずつほぐれてきた。

「ペーサーだけじゃ食えないから、大学の倉庫番とか、親友の建設会社の作業員とか、仕事はいくらでも世話してやる。ほうぼうの畑の作物を勝手にかっぱらって食いつなぎ、それだけが取り柄のランニングの指導を押しつけて、河川敷のコーチだと悦に入ってる人生なんて、おまえ、情けねえと思わないか？」

「余計なお世話だ。おれが選んだ人生だからな。これが気楽でいいんだ」

快速ホームレスはかたくなに答えた。

「その人生をやり直してみな、って言ってんだよ」

駿介の声が高くなった。

「いまからか？」

「そうだ。おまえ、いくつだ？」

「……四十八」

快速ホームレスは少し間を置いてから答えた。

「まだ五十前だろ？　下手したら折り返しにかかったくらいだぜ。河川敷のコーチだとか、何にも気兼ねしない自由な人生だとか、そんなのは逃げてるばっかりだ」

駿介にそう言われて、快速ホームレスはあいまいな顔つきで黙りこんだ。

「そりゃ、おまえさんの人生だからな。人のせいにして逃げ回ってるのが気楽でいいんなら、それでいいさ」

駿介はそこでいくらか表情をやわらげて続けた。

「だがよ、ここでやり直す気があるんなら、明日の大会でいつもみたいに勝手なコーチをするんじゃなくて、ゴール地点に来な」

「ゴール地点に？」

快速ホームレスは問い返した。

「ああ。仕事はいくらでもあるから」

「フィニッシャーズタオルをかけてあげたり、給水したり」

速が具体的に言った。

「人の指図は受けねえんだ」

「べつに指図をしてるわけじゃねえ。やる気があったら、来な。そんだけだ」

駿介はそう言うと、速に目で合図をしてその場を去った。

あの男が来るかどうか、これは蓋を開けてみなければわからない。

11　スタート！　～午前五時

河川敷のエアアーチに灯りがともっている。

完走すべてが勝者！　多摩川ウルトラマラソン――浮かびあがる文字は、そう読み取ることができた。

「完走すべてが勝者」とはトライアスロンの基本精神だ。敗者はいない。練習をこなし、本番で三つの競技を終えて完走を果たした者は、どんなに遅くてもすべて勝者だ。これに共鳴したランニングマインド代表の走内駿介は、ウルトラマラソンでもしばしばこの言葉を用いていた。

とにかくコストを抑えるのがランニングマインドの方針だが、スタートゴール地点にエアアーチくらいはないと華がない。とくに、ゴール時にはあたりはだいぶ暗くなってくる。遠くからエアアーチの灯りが見えると、「あともうひとがんばり」という気力もわいてくる。

一〇〇キロの部の出場者は、少しずつ会場に集まってきた。自家用車で来る人もいれば、府中のホテルから徒歩で来る人もいる。それぞれに誘導の人員を割き、スムーズに人が流れるようにしていた。

「受付はこちらです。お早めにお済ませくださーい」

保美がよく通る声を響かせた。

前日受付もやっているが、河川敷まで二度足を運ぶことになる。なかには下見を兼ねてやってくる熱心なランナーもいるけれども、当日受付の人のほうが数が多かった。五〇キロの部と併せて千人近いランナーがエントリーしているが、仕事の都合や体調などの問題で出走を見合わせる人も一割弱ほどいる。それも考慮してエイドの飲み物などを手配してあった。数を重ねるたびに経験値が増えていくから、そのあたりは手慣れたものだ。

スタートは午前五時だ。日没の午後七時がタイムリミットで、制限時間は一四時間になる。ただし、もっとも厳しい八七キロの第三関門をクリアできたランナーには、一四時間を超えても完走証を出すことにしていた。そうすると走路が真っ暗になってしまうから、河川敷のコースの随所に移動式の投光機が設置されていた。出費をできるだけ切り詰めるのがランニングマインドの方針だが、ランナーの安全は何より優先される。そういったことには惜しまずお金を費やしていた。

ウルトラマラソンは非日常の世界だと言われる。これから一〇〇キロという途方もない距離を走りつづけるのだから、普段では味わえない体験だ。ひとたびウルトラの扉を開けてしまったら、その先にも道は果てしなく続いている。二日がかりで二〇〇キロを超える距離を走る大会や、沖縄一周、北海道縦断、本州横断など、正気を疑うようなイベントにも少数ながら参加者がいる。なかには毎週のように一〇〇キロの大会に参加するウルトラ・ジャンキーもいるほどだ。

府中郷土の森体育館には、そういった変態ランナーたちも含む参加者たちが少しずつ集まり、思い思いに出走の準備を始めていた。一〇〇キロの長丁場だから、補給食やサプリのたぐいを多めに持って走らなければならない。大半のランナーがポーチや小ぶりのザックを準備していた。コースロスになるが、体育館に置いた荷物のところへいったん立ち寄ることもできる。着替えもできるから、そのスタイルを採るランナーも少なくなかった。

体育館のほうぼうに幟《のぼり》が立ち、シートが広げられていた。地元のランニングクラブや企業の同好会などだ。むろん、個人で参加しているランナーもいる。出走時間までストレッチをしたり、音楽を聴いてリラックスしたり、それぞれの時間を過ごしていた。

四時半から、スタート地点の近くでセレモニーが行われた。ＭＣは早朝からハイテンションの走内駿介だ。

「えー、ほかのウルトラマラソンは知事さんが挨拶に出たりするところもあるんですが、うちみたいな吹けば飛ぶような大会には、幸か不幸か、そういった気を遣う偉いさんは来ません」

思いついたことをべらべらまくしたてる。常連の参加者は慣れているから、苦笑いを浮かべながら拝聴していた。

しかし、ゲスト紹介のくだりで、その雰囲気ががらりと変わった。

「今回はゲストランナーに超大物をお呼びしています。ホームページでは発表したのでご存知の方もいるでしょうが、知らなかった方は『えっ』とのけぞることでしょう」

大仰な身ぶりをまじえたMCが続く。

「なにしろ、世界選手権に日本代表として出場された方です。ドジョウすくいの世界選手権とか、盆踊りの世界選手権とかじゃないですよ。もちろん、陸上の世界選手権です」

会場の一角で保美が「巻き」を入れた。そうやって手綱を締めていないと、どこへ暴走していくかわからない。

「では、ぐだぐだ前振りをしていても仕方ないですから、ご紹介しましょう。トップ電装の千々和純一選手です！」

それを聞いて、会場のほうぼうで小さなどよめきがわいた。

「千々和純一って、あの千々和？」

「いま言ってたよ、世界選手権に出たって」

「へえ、まだやってたのか」

そんな声があちこちで響いた。

「千々和選手は初のウルトラ、それも一〇〇キロに挑みます。抱負をお聞かせください」

駿介がマイクを向けた。

初めから、挨拶ではなく短いインタビューでという段取りになっていた。それでも、純一はかなり緊張した様子で答えた。

「不安もありますが、精一杯がんばります」

「どうしてウルトラ一〇〇キロにチャレンジしようと思われたんでしょう」

「大学時代のコーチから勧められたんですが……その、自分でも、変わらなきゃ、と思っていたので」

「思い切って出場に踏み切ったわけですね？」

「そうです。今年何か結果が出なければ……」

純一は引退という言葉を口に出そうとして呑みこんだ。

「期するところがあるわけですね？」

駿介が助け船を出す。

「はい」

「今日はどれくらいのタイムが目標ですか？」

「正午になるまでにゴールできればと」

「サブ7ですか」

会場からいくつもため息がもれた。

ウルトラの一〇〇キロをキロ七分のペースで走り通せば一一時間四〇分になる。それくらいでも十分に立派なタイムだ。キロ六分の一〇時間を切れば、サブ10といって市民ランナーの勲章の一つになる。キロ五分の八時間二〇分なら、コースによっては入賞も狙える。キロ四分の六時間四〇分で走ればどの大会でも優勝だろう。

「さすがですね。一〇〇キロの世界記録は日本の風見尚《かざみなお》さんの持つ六時間九分一四秒ですが、そのあたりはどうでしょうか」

マラソンマニアらしく、駿介の頭にはいろいろな記録が正確にインプットされていた。

「いえ、そこまではまだ荷が重いです。スタートから手堅くキロ四分のペースで刻んでいくつもりです」

純一の答えに、また会場から声がもれた。

「おれなんか、一キロを全力疾走でやっと四分だよ」

「キロ四分で一〇〇キロ走るって化け物だな」

ほうぼうで嘆声がもれた。

「きっと好記録が出るでしょう。では、最後にほかの参加者に何かメッセージを」

ＭＣはまとめにかかった。

「長丁場ですが、マイペースでがんばりましょう」

「ありがとうございました。ゲストの千々和純一さんに、もう一度大きな拍手をお願いします」

駿介の声に応えて、多摩川の河川敷に盛大な拍手がわいた。

＊

その後は競技委員長から諸注意があった。

委員長をつとめているのは、多摩川のランニングクラブの会長だ。駿介とはかねてよりも盟友と言える仲で、多くのメンバーが協力している。そういったスタッフは、すぐわかる鮮やかな多摩川ブルーのシャツを着ていた。何かあったらスタッフに指示を求めるようにと、競技委員長はくどいほど説明していた。

重大な事故が起きたりしたら、下手をすると大会の存亡に関わる。そこで、もしランナーが倒れたりしても迅速な治療ができるように、医者のランニングチームにも声をかけていた。さらに、速はＡＥＤを背負ってロードバイクで見回りをすることになっている。川崎の第二関門にはテントを張り、リタイアしたランナーが休めるように毛布なども用意してある。医師も常駐してもらい、万一の場合に備えていた。

いよいよスタートが近づいた。長い距離だが、スタート直後にスピードの違いで混乱しないように、一〇時間以内が目標のランナーをプラカードで前へ誘導するようにしていた。

多くのランナーは胸だけにゼッケンをつけていたが、なかには背にもう一枚つけている者もいた。いまはまだ暗いからはっきりしないが、日が昇ればゼッケンナンバーの鮮やかな色がくっきりと浮かび上がるだろう。

多摩川ブルーだ。

少し光沢のある白いゼッケンに、一般ランナーは黒字の数字と名前が記されている。多摩川ウルトラマラソンの一〇〇キロの部を一〇回完走した勇者には、数字が多摩川ブルーで印刷された特別ゼッケンが二枚与えられる。

ゼッケンナンバーは永久ナンバーだ。過去一一回のうち一〇回完走しなければならないから、なかなかに高いハードルだった。達成者はまだ数えるほどしかいない。それだけに、多摩川ブルーのゼッケンをつけて走るのは誇らしいことだった。数字の色が違うばかりではない。その下に記されている名前もほかのランナーより太くて大きかった。

「ゼッケンが二枚になったから、つけるのが面倒だよ」

ある多摩川ブルーのランナーはそうこぼしていた。ただし、顔には満足げな笑みが浮かんでいた。

仔細に見ると、三ケタの多摩川ブルーのゼッケンもあった。資格を満たした人は、1から99までの数字から、好みの永久ナンバーを一つ選ぶことになっている。若い数字を選ぶ人がほとんどだが、なかには誕生日や大切な記念になる番号を選択する者もいた。

一〇回完走者だけダブルゼッケンにしたことには意味があった。ランナーの名誉をたたえるだけではない。実績のあるランナーにペースメーカー役をつとめてもらうという配慮もあった。多摩川ブルーのランナーはみな極端に速いわけではない。持ちタイムは大したことがないけれども堅実に走って制限時間内の完走を続けてきた人も少なくなかった。彼らはウルトラ一〇〇キロの走り方を熟知している。多摩川ブルーのゼッケンを目標にして走れば、その分完走の確率が増えてくるわけだ。

午前五時のスタート時間が徐々に近づいてきた。あたりは少しずつ明るくなってきた。背中にもつけられた名誉の永久ナンバーゼッケン、その青がはっきりとわかるようになってきた。

＊

「スタート二分前です」

アナウンスが響いた。

うしろのほうで、三谷祐介は大きなあくびをした。

なんとか起きられたが、まだ体が起きていなかった。気も乗らなかった。走らずにこのまま帰ってしまおうかと思ったほどだ。

高い参加費を払ったのだからと考え直して、スタートラインには立ったけれども、どこか適当なところでやめるつもりだった。

たとえ一歩を踏み出しても、景色など変わるはずがない。単調な河川敷の風景がたらたらと続いていくばかりだ。ポスターのうまい言葉につられて、出たくもないレースに参加してしまった。

そう思うと、わが身が情けなかった。

「スタート一分前です」

周りのランナーが時計をセットする。

祐介はまた、ふわあっとあくびをした。

＊

千々和純一は最前列にいた。

腿をたたき、肩甲骨を寄せる。最後に、両手で顔をぴしゃりとたたいて気合を入れる。いつもレースの前に行っていたルーティンだ。

「スタート三〇秒前……」

そのアナウンスを聞いたとき、一つの記憶がフラッシュバックしてきた。

世界選手権のグラウンドだ。日の丸のユニフォームをまとった純一は、喝采とフラッシュに包まれて走った。残念ながら一万メートルでは周回遅れになった。余裕綽々《しゃくしゃく》でかわしていった世界記録保持者の走りには鳥肌の立つ思いだった。

ここには喝采もフラッシュもない。多摩川の河川敷の寂しい道が続いているばかりだ。

それでも、純一は久方ぶりに高揚感を味わっていた。さあ、走るぞという、あの感覚だ。

故障で思うように走れなくなったあとは、スタートラインに立つのが苦痛だった。怖かった。

しかし、いまは違った。不安はあるが、期待のほうが大きかった。

距離は踏めた。八〇キロ走の練習までこなした。

あとは扉を開くだけだ。ランナーとして変わるとすれば、このレースしかない。

「一〇秒前です……」

純一は体を少し前傾させた。時計のボタンに指をかける。

カウントダウンが始まった。

「三、二、一……」

スタートの合図のピストルが鳴った。

純一は真っ先に飛び出した。

そのとき、風を感じた。身ぶるいがした。

久しく忘れていた感触だった。

12　五〇キロの部、スタート　～午前一〇時

「とうとう来ちゃったね」

真鈴が言った。

「もう後戻りはできないよ」

母が笑みを浮かべた。

五〇キロの部のスタートは午前一〇時だ。府中郷土の森公園のスタート地点には、そちらのほうの参加者が集まりはじめていた。

そのなかに、稲垣真鈴とかおりもいた。すでに更衣室で着替え、喪章も装着している。

「時間があるからアップする？」

母がたずねる。

「うーん……なんだかもったいないし」

真鈴は首をかしげた。

「それもそうね。スタートしたら、いやと言うほど走らなきゃならないんだし」

母は笑みを浮かべた。

「まだ時間があるから、出店でも見てようよ」

真鈴が会場の一角を指さした。地元の町内会の炊き出しに、たこ焼き屋。スポーツショップのブースもない地味な出店エリアだ。

そういった出店を見たり、トイレに寄ったりストレッチをしたりしているうちに、だんだん五〇キロのスタート時間が近づいてきた。

そろそろ整列地点に移ろうとしたとき、多摩川ブルーのゼッケンをつけたランナーから話しかけられた。やはり、そろいの喪章を肩につけていると目立つらしい。

真鈴と母は、淡々と滋のことを告げた。要領よく説明する練習はしていたから、簡潔に伝えることができた。

「お父さんと何度も一緒に走ったんだね、同じコースを」

8番という永久ナンバーを誇らしくつけたランナーが真鈴に言った。

「ええ。……かっこいいですね、多摩川ブルーのゼッケン」

真鈴は指さした。

「ありがとう」

七十歳近いと思われるランナーがほほ笑む。

「今年は五〇キロなんですか？」

母がたずねた。

「もう歳だから。多摩川ブルーを達成したんで、しゃかりきになって一〇〇キロを走るより、のんびり五〇キロを楽しみたいと思ってさ」

ランナーはそう言って笑った。

「こっちは一生懸命走らないと完走できませんから」

と、真鈴。

「一〇〇キロなら大変だけど、五〇キロは制限時間が九時間もあるからね」

多摩川ブルーのゼッケンの男がそう言ったとき、拍手に迎えられてランナーが入ってきた。ゴールしたのではない。一〇〇キロの部の第一関門は、ここ府中郷土の森公園だ。三二キロ地点を四時間半、午前九時三〇分までに通過しなければならない。早くもここで関門に引っかかり、リタイアするランナーもいた。

「それに、ずっと一生懸命走ったらもたないから、多摩川の一日の景色を楽しみながら走ったらいい。この時季の多摩川は気持ちいいからね。走るとちょっと暑いけど」

多摩川ブルーのランナーが言う。

「ほんとに、走りさえしなけりゃ、気持ちいいんだけどね」

その隣のランナーも冗談めかして言った。

「今日は暑くなりそうだから、熱中症に気をつけなよ」

「そう、照り返しで体感温度が上がるから」

次々にアドバイスが飛ぶ。

「はい、そうします」

真鈴は素直に答えた。

喪章だけでは暗くなるから、髪は鮮やかな色のリボンで結んできた。その名と同じマリンブルーだ。川をイメージした多摩川ブルーは、それよりもう少し明るい。

「エイドにかぶり水もあるからさ」

「女の人は化粧が落ちるからって遠慮する人もいるんだが、倒れちまったら元も子もねえからよ」

おせっかいと紙一重の忠告も、真鈴は母と一緒に笑顔で拝聴していた。


その輪からいくらか離れたところに、浜中慎一郎がいた。

マキこと牧村信弘にはメールで段取りをつけてあった。ランニングカフェを見るかぎり、牧村の状態は予断を許さないようだ。次女の付き添いがあるとはいえ、あまり長い時間を待たせるわけにはいかない。

午後五時半から午後六時のあいだにゴールする、と牧村には告げておいた。五〇キロの部を八時間だから、いかに病み上がりとはいえ、無理のないタイム設定だ。あまり遅くなってしまったら、牧村の帰りが暗くなってしまう。そう考えると、まだ日の高いうちにゴールしたかった。

「いよいよ五〇キロの部のスタートが迫ってきました。準備はよろしいでしょうか?」

MCの声が響いた。

担当しているのは走内コスモスだ。アナウンス教室に通って勉強したほどだから、プロと見まがうほどの堂に入った滑舌だった。

「今日は最高気温が二五度くらいになりそうです。エイドで給水を取りながら無理なく走ってください。まもなく、スタート三分前です」

一〇〇キロの部のランナーがまた一人、足を引きずりながら戻ってきた。

「来年は五〇キロだ!」

「お疲れさん」

やけ気味に叫ぶ。

「ナイスファイト」

整列するランナーから声が飛んだ。

＊

ほどなく、スタート時間が迫った。

「助けてね、パパ」

真鈴は肩の喪章にさわった。

「それがバトンだと思って走ろうよ」

母がやや唐突に言った。

「バトン？」

「そう。パパが言ってたのを思い出した。ランナーはだれも、心の中に見えないバトンを持ってるんだって」

真鈴は小さくうなずいた。

「いつのまにか、だれかから受け継いだそのバトンをまただれかに渡すために、ランナーは苦しい思いをして、汗を流しながら走ってるんだって言ってた」

母はなつかしそうに言った。

「だったら、そのバトンを返さなきゃ」

真鈴は上を指さした。

天だ。母も笑って同じ向きに指を立てた。

カウントダウンが始まった。

午前一〇時。五〇キロの部のランナーも、いっせいにスタートを切った。

13　独走　〜正午

千々和純一は初めて振り向いた。

後続のランナーは見えない。完全に独走態勢に入っていた。

途中までは、同じ大学のユニフォームを着たランナーが二人、果敢に追走してきた。ときには純一の前に出てゆさぶりもかけてきた。

しかし、純一は動じなかった。キロ四分のペースを手堅く守り、できるだけロスのないフォームで走ることを心がけた。もうかつてのいくらか跳ねるようなフォームではなかった。大きなケガを乗り越え、黙々と走りこむことによって一から立て直してきた、地を這うような走りだ。以前の躍動感はないが、安定感は抜群だった。

三人のトップ集団で走るにつれて、かつての闘争心と高揚感がよみがえってきた。世界選手権の代表選考会では、タイムも勝利も要求された。残り一周の鐘が鳴ったときにギアを換えた感触は、まだ脚がかすかに憶えていた。あのときのペースとはまったく違う。それでも、先頭争いに違いはなかった。純一は相手の息遣いをうかがいながら走った。

フルマラソンの距離を超え、折り返しが少しずつ近づくにつれ、二人の学生の息遣いが荒くなってきた。新幹線のガードをくぐると、川崎の高層ビル群が見えた。目になじんだ風景を見たとたんに、ごく自然にピッチが上がった。GPSウォッチのペースはキロ三分五二秒に上がっていた。

ほかの二人はあっという間に離れた。純一にはまだまだ余力があった。ここからネガティブスプリットで走れば、世界記録に近いタイムが出る。そこまで冷静に計算する余裕があった。

折り返しの赤いコーンが見えてきた。

「もうすぐ折り返し」

コース上のスタッフから声が飛んだ。

純一はうなずき、ふと対岸を見た。

あの日の記憶が鮮明によみがえってきた。父の葬儀の翌日、喪章をつけて河口に近い羽田沖まで走った。あの日に見た海の色が、鮮やかに心に顕《た》った。

同時に、父の声も心の中で聞こえた。

「トレーニングは、してるか」

いまは亡き人の声がありありと響いてきた。

……ああ、したよ。

心の中で、純一は答えた。

ウルトラマラソンは最後のチャレンジだ。失敗したら、もう帰るところはない。結果を出すために、だれよりもトレーニングを積んできた。

「苦しかったことが、きっと役に立つ。いつかまた……」

父は言った。

そう、苦しかった。かつては大差をつけていたランナーに次々に抜かれ、トラックで周回遅れになった。治療を続けてやっと痛みがなくなっても、以前の走りは取り戻せなかった。無理にスピードを上げようとしたら、脚の力が脱けて倒れた。股関節の故障のあとは原因不明のローリング病に長く苦しみ、マラソンではスタートラインに立つことすらできなかった。

ユニフォームの色が変わった。三軍に落ち、まだ現役でやっているのかと言われた。もうとっくに終わっているランナーなのに、未練げに現役にしがみついている。そんな声も耳に入ってきた。

「悔いを残さず、やれることをすべてやって……ああ、やりきったと思ったら、やめればいい」

父がそう言ってくれたから、急に荷が軽くなったような気がした。

まだ、自分にはやれることが残っているはずだ。どんな記録でもいい。完全燃焼して終わりたい。

純一はそう願った。

ずっとフルマラソンで復活を果たすことしか頭になかったが、赤沼コーチからの助言でウルトラマラソンに挑戦することになった。

生まれながらのウルトラランナーはいない。人は、自らの意志でウルトラランナーになる。途方もない距離を足だけで走る、過酷なレースに挑む。その時間が、いまだ。

「お父さんは、見てる……どこかで」

父はそう言った。

純一は肩に手をやった。今日は喪章はつけていない。しかし、そこで見えない喪章が風になびいているような気がした。

行く手の空を見る。海へと続いていく初夏の空は、雲一つなかった。

折り返しが来た。

「ファイト！」

スタッフの声に、純一は右手を挙げて応えた。

＊

復路に入ると、後続の様子がはっきりとわかった。遅れた二人の学生は苦しそうな顔つきだった。四番手は大きく離れていた。伝統あるクラブのシャツを着た市民ランナーだ。折り返し早々に、純一は独走態勢に入った。

すれ違うランナーから何度もエールをもらった。

「ナイスラン！」

声が飛ぶ。

いままでのマラソンでは考えられないことだった。この大会は市民ランナーたちのイベントだ。一〇〇キロに挑むランナーのすべてが大きなチームのようなものだった。ともに励まし合い、声をかけながら走っていく。

初めは面食らった純一だが、そのうち自分から声をかけるようになった。

「ファイト!」

短い声を発するたびに、気分はさらに高揚した。

普通の市民ランナーの目から見ると、独走している純一の走りは驚異だった。

「うわ、速い。ほんとかよ」

目を瞠る後続ランナーの様子が、純一にとってはまた追い風になった。

だが、何かが起きるのがウルトラだ。ウルトラの神は、ランナーに必ず試練を与え給う。

六〇キロを過ぎたあたりで、右足に鋭い痛みが走った。

純一は走りながら見た。右のシューズに異変があった。それは血で真っ赤に染まっていた。走っているうちに、いつのまにかマメがつぶれてしまったらしい。

疲労も重なり、純一は減速を余儀なくされた。右のハムストリングス、太腿の裏側の筋肉もだんだん張ってきた。無理をすると攣《つ》ってしまうかもしれない。いままでの経験上、嫌な予感がした。

世界記録を狙うのはひとまずあきらめた。まずは優勝だ。一〇〇キロを走り切り、力を出し切って真っ先にゴールすること。

その目標に向かって、純一は体勢を整え直した。走りながらでもフォームの修正はできる。両手をだらりと下げてリラックスしたあと、肩甲骨をぎゅっと締めて腰の位置を上げる。体幹を使って楽に走るように心がける。

ペースはキロ四分に落ちた。それでいい。同じペースを淡々と刻んでいけば、必ずゴールは来る。ウルトラの敵はほかのランナーではない。自分だ。

走るという単純な同じ動きを繰り返しているのだから、体に負担はかかる。もうやめてくれ、と疲れた体は脳に指令を送る。

それに抗い、まだいける、負けるなと気力を振り絞っていく。

調子には波が来る。苦しさや痛みがふっとやわらぎ、このまま楽に走っていけそうに思われるときがある。しかし、その時間は長く続かない。谷があれば、山が来る。

ここで止まったら楽になれるぞ。もう走らなくてもすむぞ。心の中で悪魔がささやく。

そこで誘惑に負けてはいけない。

止まるな。純一は自分にそう申し渡した。

右足の痛みはますます強くなってきた。ときおり目に入るシューズは血まみれだ。どういう状態になっているのか、止まってたしかめたいのはやまやまだった。

だが、止まってはいけない。一度止まったら最後、二度と走れなくなってしまう。脱いだシューズを手に提《さ》げ、足を引きずりながら歩いてスタート地点まで戻っていく。そんな情けない姿を見せるわけにはいかない。

痛みをこらえながら走っているうちに、残りは三〇キロになった。ほぼ毎日、練習で走っている距離だ。

純一はもう一度フォームを立て直した。痛いのが当たり前だと思うようにした。そう考えると、いくらか気が楽になった。

それでも、不安はあった。うしろからだれかが追いかけてきているような気がしてならなかった。マラソンのときは、コーチやチームの関係者が差を教えてくれた。今日は違う。たった一人で参加している。後続との距離が気になった。

残りがハーフマラソンの距離になったとき、純一は初めて振り向いた。

後続のランナーは見えない。はるか向こうの橋のあたりまで見渡したが、二番手の選手の姿は見えなかった。

勝てる、と初めて純一は思った。

＊

第三関門が近づいてきた。

八七キロに設けられた地獄の関門を、純一は独走状態で通過した。

「大会記録は間違いありません。七時間を切って、午前中のゴールになりそうです」

MCの声が高くなった。

「千々和純一選手、完全復活です。後続とはなんと五キロ以上の大差がついているそうです。優勝はもう確実です」

貴重な情報を聞いて、純一はさらにピッチを上げた。

「千々和、がんばれ」

「ナイスラン、千々和さん」

府中郷土の森公園には、家族の応援で訪れた者もたくさんいた。

陸上の長距離に詳しい人なら、だれもが千々和純一を知っていた。一時は日本陸上界のホープとしてほうぼうで特集が組まれたほどだ。

その逸材が、数年間、まったく消息を知られなかった。走っていなかったわけではない。リハビリのために、復活を期して、黙々とこの多摩川の河川敷を走りつづけていたのだ。

ときには泣きながら走った。悔しかった。思うように動かない自分の脚がもどかしく、腹立たしかった。

そんな長い雌伏《しふく》の時が過ぎ、やっといまかそけき光が差してきた。また名前を呼んでもらえるようになった。

「千々和、ファイト！」

「千々和さん、がんばって」

その声に、痛みに顔をゆがめながらも、純一は右手を挙げて応えた。

心身ともにどん底の状態だったとき、河川敷で練習中に声をかけてくれた女性がいた。思いがけず自分の名を呼んで声援を送ってくれたのに、何も反応することができなかった。

しかし、いまは違う。

「ファイト！」

ときにはすれ違うランナーに自分から声をかけながら、純一は走った。

感無量だった。久しく忘れていた走る喜びを、純一は思い出した。一歩一歩が痛みを伴う。それでも、その痛みすらが喜びだった。

この大会の出場が決まってから、純一はウルトラマラソンについて詳しく調べてみた。そして、復活のステップを練り上げた。今日が第一歩だ。

次のレースにはもうエントリーしてある。六月末のサロマ湖ウルトラマラソンだ。長い伝統がある公認コースで行われる。多摩川ウルトラマラソンの多摩川ブルーは、サロマ湖のサロマンブルーに範を取っている。コースはフラットで、男女ともに世界記録はこの大会で生まれている。サロマ湖を好タイムで優勝するのが第二のステップだ。

もしそうなれば、九月に行われる一〇〇キロマラソンの世界選手権の代表にぐっと近づく。もう一度日の丸をつけて走ることなど無理だと思っていた。しかし、ウルトラマラソンを始めることで、また展望が開けてきた。

一〇〇キロマラソンばかりではない。二四時間、四八時間などの時間走の世界選手権もある。マラソン発祥の地ギリシャで行われるスパルタスロンなどの世界規模の大会もある。ひとたび港から船出をすれば、挑むべき大会はたくさんあった。

そういった将来につなげるためにも、緒戦は落とすことができない。記録も求められる。まめがつぶれて失速はしたが、納得のいくタイムでゴールしておきたかった。

純一はひじを引き、次の目標を見た。河川敷の風景は単調だが、行く手の橋が目標になる。いくつもの橋の下をくぐり、ようやくここまで来た。

純一は時計を見た。残り一三キロの第三関門を六時間弱で通過した。このままキロ四分台で走れば、六時間五〇分あまりでゴールできる。草大会とはいえ、初めての一〇〇キロマラソンとしては十分に合格のタイムだ。

だが、できることなら、六時間五〇分を切りたかった。学生時代に走った最初のフルマラソンでは、終盤に失速して二時間一〇分台でゴールした。途中で無駄な動きをせず、正しいレースマネジメントができていれば、一流ランナーの証であるサブ10、二時間一〇分切りを達成できていたかもしれない。そういう悔いを残したくはなかった。

次のサロマまで一か月あまりで、レース間隔が詰まっている。もう優勝は決まったようなものだし、足の状態も気になる。あとはウイニングランのつもりで流してもいいところだった。

しかし、純一はそうしなかった。最後の折り返しが見えてきたところで、さらにピッチを上げた。

「千々和、ファイト！」

「あと六キロちょい」

声が飛ぶ。

給水のカップが手渡された。いままでの大会と違って、スペシャルドリンクは置けない。一般ランナーと同じゼネラルドリンクだ。

水か、薄めたスポーツドリンクか、二択だ。手前がスポーツドリンクで、奥が水。混乱しないように、常に同じ配置になっていた。

そのあいだには、食べ物のエイドがある。途中で手にとっても、水で流しこめるようにという配慮だ。バナナにあんぱんにカステラ。熱中症の予防にもなる梅干しと塩。漬物やそうめんが置かれているエイドもある。一〇〇キロの部の折り返しでは、おにぎりやパスタなども出る。

純一はスポーツドリンクを口に含み、カステラを手に取った。

一〇時にスタートした五〇キロの部のランナーは、浅川のほうへ向かっている。最後の折り返しのエイドは純一が独占することになった。

「ごちそうさま」

カステラを残りのドリンクで流しこむと、純一はスタッフに声をかけた。

赤沼コーチからは、ウルトラでは食べることを重視するようにというアドバイスを受けていた。いちばん怖いのはハンガーノックだ。体内に蓄えられたエネルギーが底を尽き、空腹を覚えて体が動かなくなってしまう。

もしそうなってしまったら終わりだ。体力ばかりでなく、思考能力まで奪われてしまう。エイドで立ち止まってもいいから、しっかりエネルギーの補給をしながら走ること。たった数秒を惜しんだためにハンガーノックに陥ってしまったら元も子もない。

そのアドバイスを純一は忠実に守ってきた。もう大丈夫だ。

「はい、がんばって」

「最後までしっかり」

スタッフの励ましに、純一は笑顔で応えた。

＊

ゴールアーチが見えてきた。かすかに聞こえていたMCの声が鮮明になる。

「一〇〇キロの部の先頭ランナーがまもなく姿を現します。時計はまだ六時間四七分台です」

また一人、後続ランナーとすれ違った。ここが六位だ。

途中まで競っていた二人の学生ランナーはずいぶん足どりが重くなっていた。純一とはすでに大差だ。その後方から歴戦の勇士と思われる市民ランナーが追い上げ、二位争いは熾烈になっていた。

「ファイト！」

六位を走るランナーに、純一は声をかけた。

「優勝おめでとうございます。すごい記録ですね」

まだ余裕のあるランナーはそう言って祝福してくれた。

アーチがさらに大きくなった。もう文字まで見える。

「招待選手の貫禄です。千々和純一選手、折り返しの手前から独走、どんどん差を広げてぶっち切りの優勝です」

拍手と声援がわく。

純一はラストスパートに入った。時計を見る。六時間五〇分は確実に切れそうだった。

目にしみるような青空だった。多摩川ブルーだ。

この日の空の色を、ずっと先になっても、もう走れないほど年老いても、きっと折にふれて思い出すだろう。

純一はそう思った。

「まもなく河川敷へ下りてきます。スタートとゴールのときだけ、この河川敷のゴールをくぐります。完走したランナーだけを迎える栄光のアーチを、いま、トップの千々和選手がくぐろうとしています！」

ＭＣの声がひときわ高くなった。

ゴールテープが用意される。最後にやっと、純一は笑顔を見せた。そして、両手を高々と挙げてゴールテープを切った。

止まって振り向いたとき、右足に激痛が走った。止まらなくてよかった。もし途中で止まったら、二度と走れなかったかもしれない。

純一はコースに向かって一礼した。頭を下げている時間は、いつもよりずっと長かった。

さまざまなことが頭をよぎった。

世界選手権の予選で敗退したとき、トラックに向かって一礼した。必ずこの舞台に帰ってくると心に誓った。

初マラソンで好記録を出したあとも頭を下げた。次は大幅にタイムを縮めて日本最高記録を狙うと心に決めた。

そんな純一が、紆余曲折を経て戻ってきたのはウルトラマラソンだった。しかも、多摩川の河川敷を舞台とする草大会だ。

それでも、うれしかった。一度は失った、走る喜びが戻ってきた。それだけでも、何物にも代えがたかった。

長い一礼を終え、純一は顔を上げた。

初夏の光がまぶしかった。
見慣れた多摩川の風景は、夢のように美しかった。
純一は続けざまに瞬きをした。
そして、思い出したように額の汗をぬぐった。

14　うぐいすの鳴く川辺　～午後〇時三〇分

真鈴とかおりは浅川のコースを走っていた。

日差しが強くなってきた。帽子をかぶり、首筋をガードする覆いもつけてきたのだが、それでも照りつける日差しがこたえた。

「暑いね」

真鈴が短く言った。

「ここは木陰があるからまだしもだけど」

ゆっくり走りながら、母が答えた。

「これは桜？」

真鈴は並木を指さした。

「そう。満開になったらきれいだろうね」

浅川の右岸には桜並木が続いていた。花のさかりには多くの散策客でにぎわう桜並木は、いまはつややかな葉を茂らせ、ランナーたちの日よけになっている。

「多摩川へ出たら、さえぎるものがないところがあるかも」

真鈴はそう言って額の汗をぬぐった。

「第一関門さえ通過できれば、あとはだいぶ余裕があるんだけど」

母は時計を見た。

「歩かなきゃ大丈夫ね」

と、真鈴。

「足の調子は?」

母が問う。

「いまはまだ平気」

少し違和感はあったが、真鈴はそう答えた。

前からロードバイクが来た。コースはランナーの専用ではない。ところどころに注意を促す立て看板はあるが、マラソン大会の存在を知らずに入ってくる自転車は多かった。スピードを出せないから困惑気味に徐行している自転車乗りもいる。

「すみません」

ひと声かけて、真鈴は通り過ぎた。

一般の通行者とランナーのあいだに重大なトラブルがあると、来年から大会が開催できなくなるかもしれない。くれぐれも地元の通行者を優先でお願いしたいと、主催者のランニングマインドは繰り返し訴えていた。

「あれ、給水ね」

母が指さした。

まだかなり先だが、人だかりが見える。河川敷から一般道のほうへコースアウトしているランナーの姿もあった。

「建設会社さんの私設エイドだと思う」

真鈴は答えた。

「ああ、そうか。秋の30kのときに寄ったわね」

と、母。

「トイレはここしかないよ」

「じゃあ、寄っといたほうがいいか」

「余裕があるうちにね」

そんな相談をしながら走っているうちに、私設エイドが近づいてきた。

「大会公認の私設エイド、杉山建設の名物エイドだよ」

「今年は甘酒もあるよ」

にぎやかな声が響いてきた。

やがて、エイドに着いた。

「まずは、一杯」

母がスポーツドリンクの紙コップに手を伸ばした。

「パパのビールみたい」

真鈴も続く。

暑いなかを汗を流しながら走ってきたから、冷えたドリンクがしみわたるかのようだった。

「うわあ、おいしい」

真鈴は心から言った。いつものスポーツドリンクが、違う飲み物のように感じられた。

「いくらでも飲んでって」

エイドのスタッフが笑顔で言った。

「じゃあ、もう一杯」

真鈴も笑って手を伸ばした。

＊

浜中慎一郎は屈伸運動をしていた。

まだ先が長い浅川の私設エイドだが、ずいぶん油を売ってしまった。昨年大きな手術をし、リハビリを経てやっと走れるようになったが、長い距離の練習はこなしていない。一〇キロ走っただけで早くもあごが上がってきた。

携帯電話をポーチに入れて走っているが、まだ牧村から連絡はなかった。できれば颯爽とゴールする姿を見せたいところだが、どうもこの調子では難しそうだ。

エイドでは常にランナーの入れ替わりがある。慎一郎がもう一杯水を飲んで出ようとしたとき、二人の女性ランナーが近くにやってきた。こちらはまだ来たばかりのようだ。

どちらの肩にも黒いリボンがついているのが気になった。喪章に見える。

「それは、どなたかの喪章でしょうか」

慎一郎は穏やかな声で話しかけた。

「えっ……ええ」

読むつもりはなかったのだが、ゼッケンに記された名前が目に入った。どうやら母と娘のようだ。どこかですれ違ったことがあるような気もする。

「主人がずっと出てたんですけど、多摩川ブルーまであと一回で亡くなっちゃったもので」

母が明かした。

「その残り一〇〇キロを二人で五〇キロずつ走ろうと、いまチャレンジしてるんです」

娘がことさら明るく腕を振るしぐさをした。

「そうでしたか……ご病気か何かで」

「ええ。ずいぶん急だったんですが」

母が弱々しい笑みを浮かべた。

「わたしも去年、大病をしましてね。大きな手術のあとなので、本当はウルトラなんかに出ちゃいけなかったんですが」

慎一郎も笑みを返す。

「どうしても出たかったと」

娘が言う。

「ええ。同じ病気で、まだ闘病中の親友がゴール地点で待っていてくれるというので、どうしてもゴールしなきゃいけないんです」

慎一郎はまだ会ったこともない牧村を親友と呼んだ。

「そうですか。それは張り合いになりますね」

と、母。

「このペースならなんとか第一関門はクリアできそうですから、がんばっていきましょう」

「ええ、がんばりましょう」

「では、途中で抜かれるかもしれませんけど」

慎一郎は軽く手を挙げてエイドを出た。

＊

「また来年のお越しを」

杉山建設のエイドスタッフが気の早いことを言った。

「ええ、また来年」

「お世話になりました」

真鈴と母は笑顔でまた走り出した。

トイレ休憩も含めてずいぶん時間をロスしてしまったが、いろんな人とふれあえることができたのは幸いだった。

「さっきの男の人もそうだけど、みんないろんなものを背負ってるのね」

母がしみじみと言った。

「杉山慎一郎さん」

「名前読んじゃ駄目よ」

「向こうだって読んでるかも」

真鈴は自分のゼッケンを指さした。

伴走者とともに、ブラインドランナーが二人を抜いていった。かすみがうらマラソンの収容バスの光景がフラッシュバックする。あのときのランナーもどこかでトレーニングを積んでいるかもしれない。

しばらく浅川沿いを進んだ。平日は頻繁にごみ搬入車が通る日野クリーンセンターに通じる道は、許可を得てランナーの占有コースになっていた。

「あっ、うぐいす」

真鈴が耳に手をやった。

「ほんとだ。いい声で鳴いてる」

母も声をあげた。

浅川も多摩川も、自然がまだふんだんに残っている。川辺から飛び立つ水鳥のシャッターチャンスを狙って、望遠カメラを構える人。イーゼルを立ててスケッチに励んでいる人。さまざまな人が集まってきていた。

ほどなく、うぐいすの鳴き声が二重になった。平日と違って、休日の川べりはのどかだ。

浅川の左岸には小さな折り返しポイントがある。ランナーがすれ違う。見憶えのあるウエアが近づいてきた。

浜中慎一郎だ。向こうが先に気づいた。

「ファイト!」

右手を挙げる。

「ファイト！」

「がんばってください」

すれ違うときに、ランナーたちの手が打ち合わされた。

15　ある帰郷　～午後一時

三谷祐介は歩いていた。時計を見る。ここからよほどがんばらなければ川崎の第二関門は通過できそうにない。

祐介の行く手に、薄いブルーの橋が小さく見えた。丸子橋《まるこばし》だ。川崎の武蔵小杉が故郷だから、いままでに何度も渡ってきた橋だ。ようやくここまでたどり着いた。

初めのうちは、わりと調子は良かった。ウルトラマラソンだから、周りを見ながら抑えたペースで走った。八〇〇メートルの選手だった祐介にとってみれば楽なペースだ。これならどこまでも走れそうな気もした。

だが、そんなに甘くはなかった。浅川から多摩川に戻るころには、もう足が上がらなくなっていた。無理もない。練習では二〇キロ以上も走ったことがなかった。中距離と長距離とでは、使う筋肉がまったく違う。フルマラソンくらいなら、制限時間のゆるい大会だったら完走できるだろうが、ウルトラの一〇〇キロは異次元の距離だ。

三二キロポイントの第一関門でリタイアして帰ろうかと思った。ちょうど前の二人のランナーがコースアウトしてやめるところだったから、つられてやめそうになった。

しかし、ここでやめたら、何のために高いエントリー代を払って出場したのかわからない。祐介はすんでのところで思い直した。

ただ、「その一歩」を踏み出しても、いくら走っても、風景はいっこうに変わろうとしなかった。河川敷のサイクリングロードが下流に向かって単調に続いているばかりだ。それに、日差しがあってたいそう暑かった。照り返しがあるから、気温が二五度くらいでも体感温度は三〇度を超えるような感じがする。祐介はエイドごとに水をかぶりながら進んだ。

多摩川原橋を渡って右岸の一般道に出ると、工事をしているところがあった。そこはガードマンの指示に従い、ゆっくり歩いて通った。

行く手にコンビニの看板が見えてきた。とにかく暑いので、祐介は炭酸飲料とアイスを買って休憩することにした。ひと息ついたが、逆にこれで緊張の糸が切れてしまった。また多摩川に出ると暑い。そう思うと、ついつい長居になった。

ようやく重い腰を上げて外に出たが、走ったのは三沢川の近くだけで、多摩川の堤防に上がってからは歩きが続いた。関門に対する余裕はずいぶんあったはずなのに、だらだら歩いているうちにだんだん貯金が減ってきた。

それでも、しばらく経って行く手に高層ビル群が見えてきたときには、やる気が少し戻った。やっと川崎が近づいてきた。祐介はそう思い、また走りはじめた。

だが、それはとんでもない間違いだった。高層ビルがいよいよ近づいたとき、祐介は真相に気づいて愕然とした。そこは川崎ではなく、二子玉川《ふたこたまがわ》だったのだ。

この錯覚で、完全に走る気が失せてしまった。あとはエイドだけを楽しみに、木陰を選んでゆっくりと歩きつづけた。ずいぶん多くのランナーに抜かれた。

ウルトラマラソンを何度も完走しているランナーは、経験上わかっている。一〇〇キロという途方もない距離を、初めから終わりまで快調に走れることなどありえない。必ずどこかで何かが起きる。体のあちこちが痛みだす。同じ動きの繰り返しに体が悲鳴を上げるのだ。痛みは予期せぬところに表れる。気力も萎える。ここでやめれば楽だぞと心の中で悪魔がささやく。

そういう状態になってからが、本当の勝負だ。ウルトラマラソンを完走するためには、むろん体力も必要だが、真に大事なのは折れない心だ。それさえ保っていれば、たとえ速くなくても、たゆみなく走りつづけてゴールに到達することができる。その心が、根元からぽっきりと折れてしまった。

もともと、一〇〇キロを完走するために出場したわけではなかった。

その一歩を踏み出せば、風景が変わる――そんなポスターの文句に惹かれ、コースが故郷の川崎を通るということもあって、言わば出来心でエントリーしてしまったレースだ。体のあちこちが痛いのに、どうあっても完走しなければというモチベーションを祐介は持ち合わせていなかった。

丸子橋の下をくぐり、しばらく歩くと、今度は新幹線と横須賀線のガードが見えてきた。外来種の黄色い菊の花が土手にずらりと咲いている。それをながめながらガードをくぐると、やっと本物の川崎の高層ビル群が見えてきた。今度こそ間違いない。あそこが川崎だ。

次のエイドにたどり着いた。

「お疲れさま。まだ間に合うよ、関門」

スタッフが声をかけてくれる。

祐介は続けざまにドリンクを飲み、レモンとカステラに手を伸ばした。

「暑いねえ、今日は」

隣に来たランナーが言った。

「暑いですね」

祐介が顔をしかめて答える。

復路のランナーも同じエイドに立ち寄ってくる。関門をクリアしたランナーたちだから、まだまだ余裕が感じられた。

「ファイト。まだまだいける」

スタッフの声に、さっと手を挙げて走りだすランナーもいた。

「ごちそうさん」

多摩川ブルーのゼッケンがまぶしい高齢のランナーも、たしかな足取りで走っていった。

祐介は身の置きどころのない気分だった。それでも、エイドのスタッフに礼を言って、少しだけ走った。そして、ほどなく見憶えのあるところで止まった。

それは、河川敷の野球場だった。

＊

休日とあって、ちょうど少年野球の真っ最中だった。

ああ、そうだった……。祐介は思い出した。ユニフォームこそ違うが、むかし、ここで野球をした。記憶が鮮明によみがえってきた。

祐介はレフトを守っていた。ファールゾーンへ切れながら飛ぶライナーをピンチで好捕し、チームメイトとハイタッチをした。あのときの歓声や仲間たちの声や表情まで、まるでタイムスリップしたかのようにくっきりとよみがえってきた。

走るには暑すぎるが、散歩をするだけならいい陽気だった。祐介は土手で横になり、なおも少年野球をながめた。ピッチャーがなかなかストライクが入らず、悪戦苦闘していた。

「がんばれ……」

小声で声援を送る。細身のピッチャーが続けて押し出しのフォアボールを与え、とうとう交代させられるまで、祐介は寝っ転がって見ていた。

「大丈夫ですか?」

ランナーが気遣って声をかけてくれた。

「大丈夫です」

祐介はそう答え、ゆっくりと立ち上がった。

ただし、コースには戻らなかった。雪柳が満開になると夢のように美しい多摩川の河川敷のコースから離れて、一歩ずつ土手を上り、堤防道路に出た。

そこも見憶えのある道だった。自転車に乗って、何度も通った。一歩進むたびに、懐かしい風景が広がっていく。

祐介は目を瞠った。「その一歩」を踏み出したとき、不意に風景が変わったのだ。

ただし、それは未知なる風景ではなかった。生まれ育った町の、幼いころから目になじんだ景色だった。

ああ、帰ってきた……そう思うと、なぜか胸が詰まった。

ここが、ふるさとだ。たった一つの、ふるさとだ。

堤防の上の道を、足を引きずって歩きながら、祐介は改めてそう思った。

ほどなく、石段のところに着いた。ここも何度も通った。下りると押しボタン式の信号機がある。その横断歩道を渡れば、生まれ育った家はすぐそこだ。

祐介は時間をかけて慎重に石段を下りた。

そして、ある感慨をこめてボタンを押した。

*

クリーニング店には客が来ていた。母より先に、客のほうが気づいた。

「まあ、祐ちゃん」

ゼッケンをつけて現れた祐介を見て、驚きの目を瞠る。だれかわからなかったが、向こうは子供のころの自分を知っているようだ。

「祐介……」

レジを打っていた母が顔を上げ、ぽかんとした表情になった。

「ただいま」

「ただいま、じゃないわよ。その恰好は何?」

母はいぶかしげに問うた。

「ああ、マラソン大会の途中。そこの河川敷を通ったんで、寄ってみたんだ」

祐介は身ぶりをまじえて言った。

「久しぶりだけど、元気そうじゃない」

客が笑みを浮かべた。

「ご無沙汰してます」

祐介も笑みを返した。

相変わらずだれかわからないけれど、客商売のバイトもいろいろこなしてきた。おかげで、自然に笑顔をつくることができた。

「帰ってお店を継いだりしないの？」

世話焼きとおぼしい客がたずねた。

祐介は少しだけ間を置いてから答えた。

「ええ、それも考えてます」

自分でも意外な返事が口をついて出た。

母が思わず瞬きをする。

「だったら、安心じゃない」

客は先走りをして母に言った。

「え、ええ、まあとにかく、お品物、お預かりしましたので」

母は少し狼狽しながら告げた。

「あっ、マラソンの途中だったわね。がんばってね、祐ちゃん」

客はやっと帰る態勢になった。

「ありがとうございます。お預かりします」

祐介は頭を下げた。

「頼もしいわね、若主人みたいで。じゃあ、よろしく」

「毎度ありがとうございます」

母も笑顔で言った。

＊

「何か飲む？　すぐ戻る？」

母がたずねた。

「いや、もうリタイアするから。足痛えし」

祐介は上がって座りこんだ。

「せっかく出たのに？」

「府中から走ってきたんだから」

「府中って、東京の府中？」

母は再び目を瞠った。

「一〇〇キロも走る大会だから」

祐介がそう告げると、母はまた妙な顔つきになった。

「八〇〇メートルの選手だったのに？」

「ああ。だから無理だったんだ。ポスターを見て、うちのすぐ近くを通るから、つい申し込んだんだけど、甘かった」

祐介は苦笑いを浮かべた。

「じゃあ、戻らなくていいのね？」

母が問う。

「計測チップを返しに行かなきゃならないんだけど」

先にリタイアしておけば良かったと思いながら、祐介は答えた。

「歩ける？」

「ああ、それくらいは」

母はうなずくと、麦茶を取ってきた。

マラソンのあとの飲み物は、ことにおいしいと言われる。人生でいちばんうまい麦茶を飲んだ……祐介はふとそう思った。

「景気は？」

裕介は母に短くたずねた。

「なんとか食べてるだけ。チェーン店になって、手間のかかる大物はやってくれるけど、その分、利が薄いし」

母は浮かない顔で答えた。

「配達とか引き取りとかもやってないんだ」

「だって、人手が足りないから」

母はそこでいったん言葉を切り、祐介の目を見て続けた。

「あんた、ほんとに継ぐ気があるの？」

「いまの仕事、実入りはそこそこあるけど、長くやる仕事じゃないなって思っててさ」

「そう」

「ま、じっくり考えてみる……ごちそうさん」

麦茶のコップを置くと、祐介は顔をしかめて立ち上がった。

「戻る？」

「ああ。チップを返しに」

「荷物もあるんでしょ？」

「仕方ないから、収容バスに乗って戻るよ」

そこでまた客が来た。今度は祐介を知らない客だった。ゼッケンをつけたランナーをけげんそうに見る。

「いらっしゃいませ」

祐介が先に声を出した。

「じゃあ、また連絡する」

母に向かって軽く右手を挙げると、祐介は生まれ育ったクリーニング店を出た。

＊

コースに戻ったが、関門は絶望的だった。

同じようにアウト確実のランナーがゆっくりと歩いてくる。祐介はしばらく話をしながら歩いた。

「暑かったね、今日は」

追い越し禁止、と背中にプリントされた初老のランナーが言った。残念ながら、たくさんのランナーに追い越されてきたはずだ。

「暑かったですね。途中のコンビニでアイスとか食ってたら、心が折れちゃいました」

祐介は苦笑いを浮かべた。

「あれは罪作りだったね」

「ええ」

「でも、こう暑いと、ソフトクリーム屋とか河川敷に出てないかって探しちゃうよ」

「ああ、それは売れるかもしれませんね。バイトしてたことがあるんで」

祐介は言った。

「だったら、来年出してみたら？」

「考えときます」

祐介は笑みを浮かべた。

次のエイドでは撤収作業が始まっていた。スタッフばかりではない。ランナーもいる。

「お疲れさま」

「ナイスファイト」

スタッフは拍手で出迎えてくれた。

「エイド、余ってますからどうぞ」

「あんぱん、好きなだけお持ち帰りください」

スタッフが笑顔で言う。

「お疲れ。あんぱん、食べ放題だよ」

リタイアするランナーが声をかける。

「いただきます」

祐介も手を伸ばした。

残ったエイドは主催者の家族が責任を持って食べることになっているという話を聞きながら、祐介はあんぱんを食べた。

このあたりも、子供のころによく遊んだ。妙に心にしみる甘さだった。

「ごちそうさま」

スタッフに手を振り、何人かですでに閉鎖されている折り返しに向かった。

むろん、だれも走らない。足を引きずりながら、ゆっくりと歩いた。

途中でスタッフが迎えにきた。

「収容バス、そろそろ発車しますよ。乗り遅れたら、公共の交通機関を使って戻っていただくことになりますので」

それを聞いて、のろのろ歩いていたランナーたちは急に速足になった。

第二関門の近くに、収容バスが停まっていた。これに乗れば、レースは終わりだ。

多摩川の河川敷を去る前に、ふと思いついて、祐介はあるしぐさをした。中距離の選手だったとき、トラックに向かってそうしたように、コースに向かって深々と一礼したのだ。

もう二度とウルトラマラソンを走ることはないだろう。でも、走って良かった。忘れていた風景を思い出すことができた。それに、大事なことも、また。

「ありがとうございました」

祐介は声に出して言った。

そして、収容バスに乗りこんでいった。

16 草力 ~午後一時半

「よくこんな足で走れましたねえ。しかも、新記録で」

医務室で、救護スタッフがあきれたように言った。複数のまめがつぶれた千々和純一の足は、普通のランナーならとても走れないほどの状態だった。とにもかくにも応急手当てを受け、スタッフに礼を言い、純一は足を引きずりながら救護テントを出た。

しばらく進んだところで、主催者のランニングマインドの代表から声をかけられた。

「かなり痛そうですね。大丈夫ですか?」

走内駿介がたずねた。

「ええ。走っているときは、ここまでひどくなってるとは思いませんでした」

純一は苦笑いを浮かべた。

「次はサロマなんでしょう?」

駿介が問う。

「そうです。来月末なので、あまりインターバルがないんですが」

純一は答えた。

「だったら、早くケアしたほうがいいですね。お帰りの車を駅まで手配しましょう」

「いえ、そんなことをしていただくわけには」

純一は手を挙げて断った。

「千々和さんはゲストランナーなんですから」

主催者は笑顔で言った。

ちょうどそのとき、次のランナーがゴールするところだった。拍手がひとしきり響く。

「そうだ、ゲストランナーですよね、ぼくは」

純一は自分の胸を指さした。

「ええ。それが何か？」

駿介がいぶかしげな顔つきになった。

「なら、やらなきゃならないことがあります」

純一はそう言って、足を引きずりながらコースのほうへ向かった。

ランナーが近づいてきた。途中まで競り合っていたランナーだ。終盤はすっかり疲れ切ってしまったらしく、足取りが重い。

「ファイト！」

純一は精一杯の声を出した。ほかのランナーを励ますのもゲストのつとめだ。

「あと少しでゴール。がんばれ！」

純一は精一杯の声をかけた。

そのさまを見て、駿介がうなずいた。

＊

「千々和さん、サイン、お願いします」

次のランナーが途切れたとき、純一のもとへ二人の親子が近づいてきた。

「はい」

純一は出された色紙とペンを受け取った。

「わざわざ持ってこられたんですか？」

まだ若い母親に向かって問う。

「ええ。わたしも遅いですけど陸上をやってて、千々和さんのファンだったもので」

「そうですか。ありがとうございます。いま何年生？」

純一は男の子にたずねた。

「四年生」

指が四本差し出された。

「この子も陸上をやってるもので、その……何か励みになるような言葉を書いてやっていただけないでしょうか」

ファンは思い切ったように申し出た。

「励みになるような言葉ですか」

そう言われてもすぐには思いつかなかった。

「ええ。何でも結構なんですけど」

純一は思案した。

花形選手だったころは、むろん何度もサインをした。ただし、名前と所属名だけで、ほかに言葉を入れる習慣はなかった。

ファイト、のたぐいではありきたりだ。何かないか、とあたりを見た純一の目に飛びこんできたのは、青々と生い茂った多摩川の河川敷の草だった。

どこにでもある目になじんだ草むらが、五月の光をいっぱいに浴びながら風に吹かれている。

そんなありふれた景色を見ているうち、だしぬけに思いついた。

「じゃあ、書きます」

笑みを浮かべてから、純一は手を動かした。

「草力」と書く。

「そうりょく、ですか？」

ファンが瞬きをした。

「ええ。走力とかけてあります」

純一は答えた。

「どういう意味でしょう」

「草は踏まれても踏まれてもまた立ち上がってきます。これからの陸上人生、うまくいかないときやケガなどで走れないときもあるでしょう。そんなときも、くじけないで、という思いをこめて書かせていただきました」

純一がそう答えると、ファンは感じ入ったような面持ちになった。

「ありがとうございます。一生の宝になります。……お礼は？」

母は子にうながした。

「『草力』でがんばります」

男の子はそう言って、にこっと笑った。

「がんばってね」

純一はその頭を軽くなでてやった。

＊

「いい言葉ですね、草力とは」

いくらか離れたところから見ていた走内駿介が声をかけた。

「ああ、見てらっしゃったんですか」

純一はいくらか気恥ずかしそうに言った。

「踏まれても踏まれても立ち上がる草の力、そこに思いがこもっていましたね」

ランニングマインドの主催者は言った。

「ずいぶん踏まれましたので」

つらかったさまざまなことを思い出しながら、純一は言った。

「良かったですね、復活できて」

駿介は言った。

「はい」

純一は即答した。

「踏まれて倒れていた草が、やっと起き上がれたような気がします」

「これからは、光を感じ、風を感じながら走れますよ」

駿介は光る河川敷の土手の草を手で示した。

「そうですね。ずっと走るのがつらかったんですが……」

純一は言葉に詰まった。

苦しかったあのとき、懸命に涙をこらえたとき……いろいろな場面が数珠つなぎになってよみがえってくる。

「本当に良かったです」

主催者が手を差し出す。

復活したランナーは、その手をしっかりと握りしめた。

17　多摩川に別れを　～午後二時半

「ああ、多摩川に戻ってきた」

真鈴は前方を指さした。

白い府中四谷橋が見える。あの立派な橋を渡れば、多摩川の左岸のコースに戻る。

「浅川をクリアしたから、あとは多摩川だけ」

励ますように母が言った。

「でも、だいぶ歩いちゃったから」

真鈴は額の汗をぬぐった。

走りつづけていたらつらくなって、歩きがまじるようになってしまった。しかし、歩くとアスファルトの照り返しが余計にこたえる。体力は着実に消耗していった。

「じゃあ、走る?」

母が問う。

「うん。関門が気になるから」

真鈴は腕時計を見てから、再び走りだした。ただし、その足取りはずいぶんと重かった。

「一〇月の30kのときは、もっと走れたような気がしたんだけど」

真鈴が言った。

「今日のほうが暑いから。照り返しがあって」

母が顔をしかめる。

府中四谷橋がようやく大きくなった。その手前にエイドがある。上りにさしかかるところだから、足を止めるにはちょうどいい。

「長居しないようにしないと」

真鈴は言った。

エイドで長々と休んだせいで時間を食い、大丈夫だと思っていた関門に引っかかってしまったというレポートを読んだ。初めからエイドの滞在時間を決めておくのがいちばんだ。

「はい、お疲れさま」

「レモネードどうぞ」

ほかにも食べやすい小さなおにぎりや漬物、それにバナナやオレンジ、飴とチョコレートまで用意されていた。

「いただきます」

真鈴は真っ先に梅干しに手を伸ばした。まず気をつけなければならないのは熱中症だ。

「かぶり水もあるよ」

　スタッフが声をかけた。

　ちょうど年輩の男性ランナーが柄杓《ひしゃく》で水を汲み、頭からかぶったところだった。

「なりふりかまってる場合じゃないわね」

　母がそう言って、首筋に水をかけた。

「うわあ、冷たくて気持ちいい」

　その声を聞いてふんぎりがついた。真鈴も柄杓を手に取り、多摩川の流れを見ながら思い切って頭からかぶった。バケツには水だけでなく氷も入っていた。こまやかな心遣いだ。

「ほんと、生き返る」

　真鈴はそう言って、ぶるぶると首を振った。髪から水が飛び散る。

「この照り返しだと、すぐ乾いちゃうけどね」

　母が言った。

「橋の下だけは気持ちいいけど」

　と、真鈴。

「次の橋まで行ったら涼めると思えばいいよ」

　見かねたのかどうか、近くのスタッフが身ぶりをまじえてアドバイスしてくれた。

「ああ、それはいいですね」

「ありがとうございます」

二人は礼を言ってまた走りだした。

＊

浜中慎一郎は携帯電話を取り出した。マキこと牧村信弘からメールが入っていた。とにかく体調が心配だ。行けなくなったという連絡かと思いきや、これから支度するというメールだったのでひと息ついた。

慎一郎は時計を見た。もうすぐ府中郷土の森の第一関門が近づいていた。とりあえず午後三時の関門には間に合いそうだ。

さすがに、いったん通り過ぎるゴール地点で待っているわけにはいかない。暑さがこたえてだいぶへばってきたし、足も痛んできたが、本当のゴールを目指すしかない。

慎一郎は返信を書いた。


午後三時の関門は通過できそうです。暑くてつらいですが、残りをがんばります。午後六時ごろにはゴールできるでしょう。

またこちらからもメールします。お目にかかる時を楽しみにしています。

五〇キロの部の制限時間は、午後七時の九時間だ。歩きがまじったとしても、いまのペースなら折り返して八時間くらいで完走できるだろう。制限時間の一時間前には戻ってこられるはずだ。

慎一郎は文面を確認してから送信した。

「よしっ」

携帯をポーチにしまうと、慎一郎は一つ気合を入れて走りだした。

＊

「同じ歩くにしても、きびきびと」

腿上げで並走しながら、ひげ面の男が大きく腕を振ってみせた。

「こうですか？」

真鈴が腕を振る。

「もっと肩甲骨から動かして」

男は腿上げをやめ、早歩きの手本を見せた。

「骨盤を回しながら歩く。速いモデル歩きで」

ひげ面の男はすいすい前へ歩いていった。去年の30kでも現れた「河川敷の専任コーチ」だ。

真鈴と母が暑さにあごを出し、並んで歩いていたところ、土手から急に飛び出してきてアドバイスを始めたところだった。

「だったら、ゆっくり走ったほうが楽かも」

真鈴が苦笑いを浮かべる。

「じゃあ、走りな。関門は待ってくれないよ」

快速ホームレスがそう意見したとき、うしろからロードバイクが来た。

乗っていたのは、走内速だった。ＡＥＤを背負い、コースを入念に巡回している。

「勝手な声をかけないでください」

速はロードバイクを止めて注意した。

「最後のアドバイスなんだから、大目に見な」

いくらかあいまいな顔つきで、河川敷のコーチを自称する男は答えた。

「最後のアドバイス？」

速はいぶかしげな顔つきになった。

「おう。おやっさんに言っときな。日の暮れが近づいたら顔を出すからって。いまは別れを告げてるんだ、多摩川に」

芝居がかったしぐさで、男は川のほうを手で示した。

「多摩川に、別れを？」

母がけげんそうに問うた。

「そうだ。おれが今日《こんにち》あるのは多摩川のおかげだからな」

「今日ある、って、ホームレスじゃないか」

速があきれたように言う。

「ただのホームレスじゃねえぞ。多摩川一の快速ホームレスだ。鶏口《けいこう》となるとも牛後《ぎゅうご》となるなかれ、だ。おいちゃん、難しいこと知ってるだろ?」

真鈴に向かってほほえむ。どこか憎めない笑顔だ。

「で、まあ、こんなどこにも居場所のねえおれを受け入れてくれたのは、この多摩川の河川敷だけだったからよ」

快速ホームレスは身ぶりをまじえて言った。

「『ありがとさん』と、礼の一つも言っとかなきゃ。ひとわたり別れを告げねえとな。それから顔を出すからよ」

男はいくたびも瞬きをした。

「ああ、わかった。伝えとく」

速は右手を挙げ、またロードバイクを漕ぎだした。

「はい、止まってないで、走った走った」

快速ホームレスが二人を急かした。

「はい、コーチ」

真鈴が走りだした。

「お、素直だな」

併走しながら、河川敷のコーチが言う。

「疲れてきたら、地べたが勝手に動いてると思いな。えれえ金をかけた動く歩道が多摩川べりにずっと続いてる。そう思ったら、急に楽になるぞ」

快速ホームレスは面妖なことを口走った。

「それはいいこと聞いたかも」

母が言った。

ちょうど止まっているランナーがいた。

「足が攣ったのかい？」

河川敷のコーチが声をかけた。

ランナーは顔をしかめてうなずいた。

「おれが治してやらあ。おっ、早く行きな」

真鈴と母に向かって、快速ホームレスは身ぶりでうながした。

「アドバイスありがとう、おじちゃん」

真鈴の声に、ひげ面がやんわりと崩れた。

18　運命の関門　～午後三時

「動いてる、動いてる……楽ね、動く歩道は」

「地べたが勝手に動いてる……ほんと、よくこんな便利なものをつくってくれたわねえ」

快速ホームレスから教わったとおりに暗示をかけながら、真鈴と母は走っていた。

「ちょっとずつ大きくなってきた、次の橋」

母が前方を指さした。

「ああ、でも……走ってるのは自分なんだから、やっぱり疲れるよね」

真鈴の表情が変わった。思わず本音が出る。

「だめよ、素に戻っちゃ」

母が苦笑いを浮かべた。

「脳をだますのにも限界があるって」

「そりゃそうだけど」

そんな調子で、真鈴と母は橋に到達する前にまた歩きだしてしまった。

初老の二人の女性ランナーが前をゆっくりと歩いていた。

「暑いですねえ」

向こうから声をかけてきた。

「暑いですね」

真鈴が答える。

「照り返しがきつくって」

母が額に手をやる。

「次の関門でやめるつもりなんです。ゴールを通り過ぎて、行って戻る気はしないし」

「三二キロでもう十分。そちらはどうします？」

そう問われて、真鈴は母と思わず顔を見合わせた。

「わたしたちは、完走しないといけないので」

リタイアの誘惑を断ち切り、真鈴が言った。

「ちょっと人と約束したものですから」

母は笑みを浮かべた。

間違ったことは言っていない。故人の遺影の前で約束した。必ず二人で完走するから。残りの一〇〇キロを五〇キロずつ走って、心の多摩川ブルーのゼッケンをもらうから、と。

「そうですか。じゃあ、がんばってください」

「次の関門をクリアしたら完走できますから」

一緒になったランナーは励ましてくれた。

二人は礼を言うと、また次の橋に向かって走りだした。

＊

「どうだ、意識はあるか？」

スマートホンにかみつきそうな勢いで、走内駿介が問うた。

ロードバイクで巡回している次男の速から、たったいま連絡があった。熱中症と見られる症状で、ランナーが一人倒れているらしい。

「わかった。そこなら土手の脇まで救急車が入れる。すぐ呼ぶ」

駿介は迅速に対処した。

五月の半ばだから、まだランナーは暑熱耐性ができていない。そこで気温が上がり、河川敷の舗装路特有の厳しい照り返しを受けると、熱中症にかかってしまうことがしばしばある。ハーフくらいの距離でも倒れる者は出る。ウルトラとなるとなおさらだ。過去の経験も活かし、どこでランナーが倒れた場合にどういう対処をするか、駿介はスタッフと協議を重ねて細かなマニュアルをつくりあげていた。吹けば飛ぶような運営母体だ。もしものことがあったら、来年度から大会の開催も危ぶまれてしまう。

「熱中症ですか？　すぐ向かいましょうか」

話を聞いて、本部に詰めていたドクターが飛んできた。

「いえ、救急車を呼びましたから、ドクターは本部を動かないでください。これから五〇キロの部で関門ぎりぎりのランナーが来ます。通過しても、あと一八キロあります。こりゃあ駄目そうだというランナーには声をかけて止めていただけないでしょうか」

「わたしの判断でよろしいんですか？」

ドクターは胸の赤十字を指さした。

「ええ。転ばぬ先のドクターストップをかけてください」

「了解です」

ドクターはさっと手を挙げた。

＊

「えっ、千々和さんが優勝？」

真鈴の顔が、ぱっと輝いた。

橋の下に設けられたエイドだ。日陰と飲み物と食べ物、まさにオアシスのような場所だから、ついつい長居になってしまう。そのスタッフと話をしているうち、うれしい知らせを聞いた。一〇〇キロの部は、千々和純一が優勝したらしい。

「そうなの。ぶっちぎりで、一人だけ午前中にゴールしたんだって」

女性スタッフが告げた。

「わあ、すごい」

「練習ですれ違ったことがあるもんね」

母も笑顔になる。

「ほんと、わがことのようにうれしいです」

真鈴は胸に手を当てた。

「いまは会場でランナーのお出迎えをしてくれてるみたいですよ」

スタッフが告げる。

「じゃあ、がんばらなきゃ」

急に元気が出てきた。走ろう、という気がわいてきた。

「とにかく、関門に引っかからないようにしないと。どうもごちそうさま」

真鈴は明るく言った。

二人はエイドのスタッフに礼を言って先を急いだ。だが、オアシスを出ると、初夏の日射しが容赦なく照りつけてきた。気温はすでに二五度を超えている。夏日だ。照り返しのある河川敷の体感は三〇度くらいになっていた。

「暑いって言うから、暑いのよね」

母はそう言って額の汗をぬぐった。

「じゃあ、涼しいって言おう」

と、真鈴。

「ああ、涼しい」

「涼しいわねえ」

そんな調子で、最大の関門を目指していく。そこさえ乗り切れば、全部歩いてもなんとか完走はできる。そういう設定になっていた。

ゆっくりと走りながら、真鈴は説明のつかない予感めいたものにとらわれていた。

うまくは言えないけれど、行く手の関門は、ただの関門ではないような気がしてきたのだ。それは単なるマラソンの関門ではない。人生の大きな関門か、関所みたいなもののように思われてきた。

真鈴は時計を見た。

「歩いたらまずいかも」

残りの距離とタイムの貯金を計算して言う。

「まずい？」

母の表情が変わった。

「うん。ちょっとエイドに長居しすぎたかも」

真鈴は苦笑いを浮かべた。

砂漠に出たら暑い日差しに灼《や》かれてしまう。だから、ついオアシスに長居してしまうのだが、そのあいだに制限時間までの貯金は着実に減ってしまうのだった。

「居心地が良かったからね」

「とにかく、ゆっくりでも走りつづけないと」

真鈴は言った。

「オッケー」

母が短く答えた。

＊

午後三時には二つの関門があった。一つは、五〇キロの部の関門だ。一〇時のスタート後、五時間を経過してこの三二キロポイントの関門を通過できなければ、次へ進むことができない。ここさえ乗り切れば、午後七時までの残り四時間で一八キロだから、よほどのことがなければ完走できる。

もう一つは、一〇〇キロの部の見えない関門だ。通過できなくても止められることはない。午前五時にスタートした一〇〇キロの部は、午後三時に一〇時間に達する。これより前にゴールできれば、ウルトラランナーの誇り、サブ10の勲章を得ることができる。

フルマラソンのサブ3、ウルトラマラソンのサブ10、世界でもっとも過酷なハーフマラソンと言われる富士登山競走の山頂コース完走。この三つを「ビッグ3」と称する。達成者はランナーの尊敬を集めることができる。その見えない関門も、すぐそこに迫っていた。

一〇〇キロの部のゴールへ向かうランナーと、五〇キロの部の関門へ急ぐランナーが交錯する。

「一〇〇キロは右折、五〇キロは直進です」

スタッフが旗で誘導する。五〇キロの部でゴールに向かうランナーもいるから、間違えないように気を遣うところだ。五〇キロの部はスタート後五時間。キロ六分以内の好ペースでウルトラを完走できるかどうかの瀬戸際だから、これも第三の関門のようなものだった。

「さあ、三時まであと五分！」

ＭＣの走内駿介の声が高くなった。

「一〇〇キロはサブ10、五〇キロは関門通過。泣いても笑っても、あと五分。ゲストの千々和選手も激励に出ています。さあ、また一人、サブ10の勇者が帰ってきた！」

娘のコスモスと違って、いささか古臭いＭＣだが、声はよく通る。

まもなくゴールするランナーを、千々和純一が出迎えていた。そればかりではない。関門をまもなくクリアする五〇キロの部のランナーにも、一人一人ていねいに声をかけていた。

「ファイト！　まだ間に合いますよ」

拍手しながら声援を送る。

午後三時まで、いよいよあと一分になった。

「いよいよカウントダウンが始まります。五〇キロの部の方は急いでくださーい」

MCの声が高くなった。

そのとき、二人の女性ランナーが千々和純一のもとへ近づいてきた。

どちらの肩にも、黒いリボンがついていた。

＊

「ぎりぎりだったね」

母が時計を見た。ゴールへの分岐点を過ぎれば、もうすぐそこが関門だ。

真鈴は時計を見ていなかった。その代わり、ある人物を見ていた。

間違いない。千々和純一さんだ。

「あともう少しです」

ゲストの純一が声をかけた。

「優勝おめでとうございます、千々和さん」

真鈴は笑顔で言った。

「ありがとうございます」

笑みが返ってきた。

練習ですれ違ったときは、思い詰めたような暗い表情をしていた。世の中の苦悩を一心に背負っているかのような、あのときの顔つきとは別人みたいだった。

「ああ、これで完走できる」

母がほっとしたように言った。

二人はゲストランナーの脇をいったん通り過ぎた。

しかし、関門を目前にして、真鈴は急に足を止めた。

どうしようか迷った。ここで引き返したら、すぐそこに見えている関門でアウトになってしまうかもしれない。心の多摩川ブルーはもらえないかもしれない。

でも、どうしてもこれだけは伝えたかった。これだけは、どうしても千々和さんに言っておかなければ。

ここで伝えなかったら、この先ずっと悔いが残ってしまうかもしれない……。

そんな直感めいたものがあった。

一瞬のためらいのあと、真鈴は純一のもとへ引き返していった。

「千々和さん」

声をかけると、純一は驚いたように真鈴を見た。

無理もない。関門時間のカウントダウンが始まっていた。

「多摩川で練習しているとき、すれ違ったことがあるんです。『千々和さん、がんばって！』と声をかけさせていただきました。本当におめでとうございます」

真鈴はそう伝えて頭を下げた。

そう言われて、純一は思い出した。

「ああ、あのときの……」

声に聞き憶えがあった。

「ずっと気になってたんです。せっかく声援していただいたのに、手を挙げることすらできなくて、これじゃいけないと思って」

純一がそう告げたとき、カウントダウンが終わった。

午後三時――無情にも、関門が閉まる時間がやってきた。

＊

「真鈴、何やってるの！」

母は目を瞠った。

娘はうしろを走っているものだとばかり思っていた。だが、そうではなかった。あろうことか、ゲストランナーの千々和純一のもとへ戻って、何やら話をしていた。

「関門、閉まっちゃったよ。どうするの」

母はおろおろしてスタッフを見た。白いロープを手にしたスタッフも、どうしようか迷っている。

そのとき、声が響いた。

「通してあげてください。お願いします」

そう叫んだのは、千々和純一だった。

「ああ、良かった」

「こちらもほっとしました」

母とスタッフの表情が、同時にゆるんだ。

＊

真鈴は純一と握手をした。

あたたかい手だった。

それから、関門のほうへ走ってきた。

「何やってるの、心配するじゃない」

母が言った。

「練習ですれ違ったときに声をかけたことをお伝えしてたの」

真鈴が伝える。

「そんな、関門ぎりぎりのときに言わなくったって」

母はあきれたような顔つきだった。

「だって、ここで言わなきゃって思ったから。……握手してもらっちゃった」

真鈴は笑顔で右の手のひらを開いた。

「関門、一分おまけしました」

スタッフが時計を見て告げた。

「ありがとうございます」

「助かりました」

関門には白衣をまとったドクターもいた。

「体調はいかがですか？」

二人に問う。

「はい、大丈夫です」

母がすぐさま答えた。

「千々和さんに握手していただいたので、元気いっぱいです」

真鈴もカラ元気で腕を振る。

「いいでしょう。通ってください」

ゴーサインが出た。

真鈴と母は、こうして最後に関門を通過した。

19　最後の一台　～午後四時半まで

浜中慎一郎は止まっていた。

最後の関門を越えてから、急に足が痛んできた。暑さのせいで余力もなくなってきた。正規の制限時間なら、すべて歩いてもゴールはできそうだ。だが、牧村に伝えた午後六時には間に合わないだろう。病身の牧村をゴール地点で待たせるわけにはいかない。ここが岐路だ。

コースの脇に立ち尽くし、迷っているうちにメールが入った。

牧村かと思いきや、家族からだった。ジョギングをしてからスーパー銭湯へ行くと家族は思っている。実はウルトラマラソンに出場していてまだコース上にいると知ったら、あわてて止めにくるかもしれない。

慎一郎は方便の嘘をつくことにした。

「これからスーパー銭湯へ行くところ。また連絡する」

メールを送信すると、慎一郎は多摩川のほうを見た。マラソンとは関わりなく遊んでいる子供たちがいる。その元気いっぱいの姿を見ているうち、踏ん切りがついた。

慎一郎は歩きだした。ただし、折り返しのほうではなかった。通過してきた関門がある会場のほうだ。

ゼッケンを外す。しばらく進むと、スタッフがいた。

「リタイアします」

慎一郎は告げた。

「あ、お疲れさまでした。チップは会場で回収しますので」

「わかりました。ご苦労さま」

スタッフに向かって言うと、慎一郎はなおも歩きだした。

「ファイト」

これから折り返しへ向かうランナーに声をかける。

今年は完走できなかったけれど、また来年。体調を整え、じっくり脚をつくって、またこのコースに挑むことにしよう。

慎一郎はそう心に決めた。

*

同じころ、多摩川の土手際の道路に、二台の自転車が止まった。一台は女性向けのカラフルなクロスバイク、もう一台は渋く輝く銅色のフレームがシックなロードバイクだ。

「着いたな」

牧村信弘が言った。

「土手、上れる？」

次女の響子《きょうこ》がたずねた。

「そうか……考えてなかった」

牧村は苦笑いを浮かべた。土手へ上がるところは石段になっている。超軽量《スーパーレッジェーラ》という名称のロードバイクだが、材質はカーボンより重いクロモリだからそれなりの重さだ。病身にはつらいかもしれない。

「だったら、わたしが運ぶから」

響子が笑みを浮かべた。

「倒して傷をつけないでくれよ」

「わかってるって」

父と自分、二台の自転車を土手に上げると、響子はまた引き返した。

父の手を引くためだ。娘は胸が詰まった。父が出場したトライアスロンの大会には、しばしば家族で応援に行った。いつも上位に入賞して、賞品をたくさんもらって帰った。

そのときの勇姿とはまるで違った。一段一段、ひざに手をやりながら、父は大儀そうに石段を上っていた。今日のウエアは年代別の世界選手権で表彰台に上がったときのものだ。日の丸がついたネーム入りの誇らしいウエアだけに、なおさら痛々しく感じられる。

「はい、あとちょっと」

響子は手を差し出した。

牧村は素直に手をつかみ、残りの石段を上った。そこもコースになっていた。ゼッケンをつけたランナーが、親子の脇を走り去っていく。

「ここだと邪魔になるから、ゴールの先へ」

「うん」

二人が自転車に乗り、ゆっくりと走りだしてほどなく、うしろから声がかかった。

「おーい」

振り向くと、トライアスロンの大会に出ていた長男の翔太《しょうた》だった。

「ああ、見つかってよかった」

大きなトランジションバッグを背負った青年が近づいてきた。

「潮来《いたこ》から戻ってきたの？　お兄ちゃん」

響子が驚いたように言った。

「ああ、急いでパッキングしたから電車に間に合った」

「どうだった？」

父がたずねた。

「一応、年代別は優勝で、二時間二〇分を切れたから、まあまあかな」

潮来トライアスロンを完走してきたばかりの翔太が答えた。

牧村は満足げにうなずいた。

「すごいじゃない、優勝って」

と、響子。

「いや、二十代は参加者が少ないから。……で、お友達はまだ？」

翔太が問う。

「まだだから、ゴールで」

「体調は？」

「大丈夫だ」

牧村はいくぶんかすれた声で答えた。

ほどなく、コースから河川敷のゴール会場に下りた。一〇〇キロと五〇キロ、二つの部門で完走したランナーたちが、肩にフィニッシャーズタオルをかけられていた。多摩川ブルーに染められたタオルは、完走者だけが手にすることができる。

「わかるかしら、ゴールからちょっと離れてるけど」

響子が指さした。

「遠くからでも、これは見えるだろう」

牧村は一つずつパーツを選んで組み上げた「最後の一台」に触れた。ようやく穏やかになってきた初夏の陽光を受け、銅色《ラマート》のフレームが誇らしく光る。

「ほかのバイクと違って、底光りがするからな。ホイールを替えたら、レースでも使える」

翔太が言った。

「おまえにやるよ」

牧村は短く告げた。

「いくらでも改造してくれ。オーナーはいなくなるから」

翔太も響子も答えなかった。胸が詰まって、言葉にならなかった。

「いい風に、なってきた」

牧村はぽつりと言った。

これまで、さまざまなロードバイクに数え切れないほど乗ってきた。追い風もあれば、向かい風もあった。厳しい逆風のときは、歯を食いしばって走った。しかし、それもまもなく終わる。

肩に青いフィニッシャーズタオル、首に完走メダルを誇らしげにかけたランナーが一人、近くを通りかかった。

「お疲れさま」

「ナイスラン」

響子と翔太が声をかけた。

「ありがとう。もう走らなくていいから、ほっとした」

一〇〇キロの部のランナーが笑みを浮かべた。

最後の一台に身をもたせかけ、牧村はうなずいた。そして、控えめに拍手をした。

＊

ランナーとすれ違いながら、浜中慎一郎はゆっくりと歩いた。

折り返しに向かう五〇キロの部のランナーはだんだん少なくなり、すれ違いの回数も減ってきた。そして、もう終わりかと思われたころ、向こうから見憶えのある二人の女性ランナーがやってきた。歩くような速さで走っている。

慎一郎が先に手を挙げた。

「お疲れさまです」

「これからゴールですか？」

喪章をつけた二人のランナーから声が返ってきた。

「いえ、リタイアしたんです」

慎一郎はことさら明るく言った。

「えっ、歩いてでも間に合うでしょう？」

母とおぼしいランナーがいぶかしげな顔つきになった。

「たしかに、完走はできるでしょうけど、ゴールで人と待ち合わせる約束があるんです。足が痛くなって、そちらのほうの制限時間に間に合いそうにないので、途中でやめちゃいました」

慎一郎はゼッケンを示した。

「そうですか。わたしはいちばん最後に、関門をおまけしてもらって通過したんですけど」

娘が伝えた。

「涼しくなってきたから、もう大丈夫ですよ。足を動かしていたらゴールできますから」

慎一郎はそう言って励ました。

「わかりました。じゃあ……」

「また来年、リベンジします」

慎一郎はきっぱりと言った。

「ええ、また来年」

「多摩川でお会いしましょう」

二人の女性ランナーは笑みを浮かべた。

「じゃあ、がんばってください」

最後に声をかけると、慎一郎はまた歩きはじめた。

20　蜘蛛の糸　～午後五時半まで

真鈴とかおりは折り返しを回った。

残りはあと九キロだ。最後方で関門を通過してから、遅いなりに走っていたら何人か抜いた。このペースなら間違いなく完走できる。心の多摩川ブルーを獲得することができる。

そう思ったとき、突然アクシデントが起きた。真鈴の右のふくらはぎに痛みが走ったのだ。いままで感じたことのない、嫌な痛みだった。

「いたたた……」

真鈴は声をあげて立ち止まった。

「どうしたの？」

母が気遣わしそうに問う。

「急にズキッと来ちゃって……」

真鈴は顔をしかめ、テーピングを施したところを指さした。

「ふくらはぎ？」

「そう。恐れてたことが……あいたた」

真鈴は痛めたところに手をやった。

ズキッ、とまた痛みが走る。テーピングをしてもらってだましだまし走ってきたが、これはまずい。

「大丈夫？　もう一〇キロもないけど」

「……ひょっとしたら、駄目かも」

真鈴は泣きそうな顔で告げた。明らかにいままでと違う痛みだ。

「痛い？」

「うん、急に痛くなった」

真鈴の眉間に深いしわが浮かんだ。これはとても走れない。歩けるかどうかも怪しい。前へ進めるかどうかもわからなかった。ピンチだ。

「じゃあ、痛み止めを飲んで」

母がポーチから錠剤を取り出して渡してくれた。こういうときのために、よく効く薬を用意してきた。そういったものに頼るのは少し抵抗があったけれども、べつにドーピング違反ではないし、背に腹はかえられない。

錠剤をホルダーのドリンクで流しこむと、真鈴は慎重に脚を伸ばしてみた。

またズキッとふくらはぎが痛む。そこだけではない。ひざや太腿も張っていた。そろそろフルマラソンの距離にさしかかる。体じゅうが悲鳴をあげていた。

「歩けそう？」

母がたずねた。

「やってみる」

真鈴は恐る恐る歩いてみた。右に体重をかけないように、左に重心をかけてみると、ゆっくりとならどうにか歩けた。

ほっ、と一つ息をつく。

「あとは歩きでもなんとか間に合うから」

母が励ます。

「でも、ゆっくりじゃないと歩けないよ」

「仕方ないじゃない。ウルトラはいろんなことが起きるから」

母が言った。

「そうね。ここからがウルトラね」

真鈴は無理に笑みを浮かべた。

母は昨年、八七キロまで走ったけれども、真鈴はフルまでの距離しか経験がない。まもなく未知の距離になる。

「そう、どこか痛くなってからがウルトラ」

「それを楽しむくらいじゃなきゃ、心の多摩川ブルーはもらえないのね」

自分に言い聞かせるように言うと、真鈴はまた歩きだした。

うっかり体重を右にかけると痛みが走る。やめて、とふくらはぎが悲鳴をあげる。

それをなだめて、左に頼りながら真鈴は慎重に歩いた。

まだ時間はある。焦らず、一歩ずつ、真鈴は前を向いて歩いた。

＊

次の橋までは長かった。泣きたいくらいに長かった。かなり前から見えているのに、なにぶんゆっくりと歩いているものだから、なかなか大きくなってくれない。

「どう、効いてきた?」

母が心配そうにたずねた。

真鈴は立ち止まり、痛めたふくらはぎに手をやった。まだ痛いが、脳に響くような感じは消えた。足首を回し、体重もかけてみる。

「うーん、ちょっとはましになったかも……」

真鈴はそう伝えた。

「だったら、少しだけ急ごうか」

「そうね、この調子で歩いてたらまずいかも」

真鈴は顔をしかめてうなずいた。

しばらく進むと、多摩川ブルーのゼッケンが見えてきた。背中にもゼッケンがついているのは一〇回完走者だけだからすぐわかる。

「お疲れでーす」

大儀そうに歩いているランナーに向かって、母が明るく声をかけた。

「ああ、お疲れさん」

振り向いた顔を見ると、もう七十歳は超えているとおぼしいベテランランランナーだった。

「去年、一〇回完走したら、もう燃え尽きちゃったよ」

笑みを浮かべて言う。

「今年は五〇キロなんですね？」

真鈴が問う。

「そう。もう歳だからね」

「おいくつです？」

母がたずねた。

「七十三だよ」

「それで、去年まで一〇〇キロを？」

真鈴は目を丸くした。

「すごいですね」

母も驚いた顔つきになる。

「いやあ、さすがにもう一〇〇キロは引退だ。半分でも長いくらいだね」

ベテランランナーは苦笑いを浮かべた。

「でも、多摩川ブルーなんだから、尊敬です」

真鈴はゼッケンを少しまぶしそうに見た。

「いつもぎりぎりの完走だったからね。ベストタイムはちっとも大したことないんだ」

あこがれのゼッケンのランナーは笑った。

「制限時間を有効に使って走られるんですね？」

と、真鈴。

「いいこと言うね」

日焼けした顔がほころぶ。

「おんなじ参加料を払ってるんだから、時間いっぱい楽しまなきゃ損じゃない。だから、関門だけは頭に入れて、制限時間の一〇分から五分前くらいにゴールするようにしてるんだ」

「じゃあ、今年もいけそうでしょうか」

真鈴が不安げにたずねた。

「ああ、大丈夫だよ。そろそろ走ろうかと思ってたんだ」

ベテランランナーは歩きながら両手を挙げた。肩甲骨を寄せて、走る準備をする。

「走れる？」

母が真鈴にたずねた。

「それはまだ無理」

真鈴はあわてて首を横に振った。右が痛くて体重をかけられないから、走ったら転ぶ。

「歩いても平気だよ。次のエイドでゆっくり休みたいんで、貯金をつくろうと思っただけだから」

多摩川ブルーのランナーが笑みを浮かべた。

「なら、わたしたちは歩きますので」

真鈴が言った。

「ああ。一歩ずつゴールは近づいてるからね。遠くはなってないから」

「そりゃそうでしょう」

と、母。

「なってたら困ります」

真鈴も笑みを浮かべた。

鋭い痛みが走ったときはリタイアを覚悟したが、やっと笑みも浮かぶようになった。

多摩川ブルーが少しずつ遠ざかっていく。そのほかにも、ぽつんぽつんとランナーの姿があった。ただし、走っている人はほとんどいなかった。真鈴と母と同じように、歩きながら少しずつ距離を削っている。

＊

「なんだか蜘蛛の糸みたいね」

母がぽつりと言った。

「わたしたち、亡者？」

真鈴が訊く。

「そう。ほんとに亡者がぽつんぽつんと歩いてるみたい」

「地獄の責め苦ね。蜘蛛の糸、切れなきゃいいけど」

真鈴は足を引きずりながら言った。まだときどき冷や汗をかく。また鋭い痛みに変わって歩けなくなったら蜘蛛の糸は切れてしまう。

「とにかく、進むしかないわね」

「うん」

真鈴は小さくうなずき、額に手をやった。汗が塩に変わって、ざらざらと指にまとわりつく。

たぶんひどい顔になっているだろう。

日射しが弱まったのはわずかな救いだった。しかし、ほど良い気温の時間は短かった。午後五時を回ると、一転して寒いくらいの風が吹きつけてきた。

「ウルトラは山あり谷あり」

母が歌うように言った。

「でも……出てよかった」

「これから粘ったら完走できそうだしね」

それだけじゃない、と言おうとして、真鈴は言葉を呑みこんだ。

この大会に参加したからこそ、千々和純一さんと再会することができた。前に多摩川の土手で一度すれ違い、エールを送っただけだった。ただそれだけの淡い縁にすぎなかったのに、今日は同じ地平に立って、言葉をかわすことができた。握手までしてもらった。それに……。

ゆっくりとだが着実に歩を進めながら、真鈴は思い返した。

それは本当に、奇蹟のような出来事だった。

千々和さんは憶えていてくれた。スピードは全然違うけれど、べつべつの方向へ走っていくときにかけた言葉を、忘れずに憶えていてくれた。わたしの言葉は、たしかに届いていたんだ。

千々和さんの心に……。

「どうしたの？　にこにこしたりして」

母の言葉で、真鈴は我に返った。

「ううん……ランナーズハイ、みたいなもの」

真鈴は謎めいた答えをした。

＊

「やっぱり追いつかれたか」

多摩川ブルーのベテランランナーが笑った。

最後のエイドで存分に飲み食いをし、油を売って出ようとしたところに真鈴たちが入ってきたらしい。

「これなら制限時間は間に合いますか?」

真鈴が思いつめた顔でたずねた。

「ああ、まだ余裕だよ。これから腹ごなしの散歩だ」

と、おなかに手をやる。

「余らせてもしょうがないので、どんどん食べてください」

「あんぱんもバナナもまだまだありますから」

エイドのスタッフが声をかけた。

「はい、いただきます」

「ありがとうございます」

二人は礼を言って手を伸ばした。

ほかにも何人かランナーがいた。ここが最後のエイドだと思うと、なかなか出たくなくなってしまう。

それほどの歳ではない男性ランナーが二人、こんな会話を交わしていた。

「何のために、朝から夕方まで走ったりしてるんだろう？」

「しかも、金を払ってな」

「ウルトラマラソンなんかに出るやつの気が知れないよ」

自嘲気味に言う。

「まあ、でも、何のために生きてるんだとか、何のためにこの世界があるんだとか、解けない疑問はたくさんあるから」

「長く走ってるうちに、そういった難問に肉薄できるんじゃないかっていう感覚にとらわれることはあるよな」

「錯覚だけど」

「そう、錯覚」

声が大きいので、少し離れていてもよく耳に届いた。

「いくら走っても、この世界は何のためにあるのかっていう疑問など解けやしない」

「何のために走るのかっていう疑問もな」

「いや、でも、それはわかって走ってる人が多いと思うぞ」

「タイムのためとか？」

「そう。多摩川ブルーのためとか」

「ああ、そうか」

真鈴と母は、そこで顔を見合わせた。

何のために走るのか。少なくとも、このレースに関してはわかっている。

「ところで、肩についてる黒い布切れは喪章かい？」

ベテランランナーがだしぬけにたずねた。

「ええ」

母が手短にいきさつを告げた。多摩川ブルーのランナーはいくたびもうなずきながら聞いていた。

「だったら、戦友みたいなもんだな」

多摩川ブルーのランナーはしみじみと言うと、真鈴が肩につけた喪章を指でつまんだ。まるで握手をするようなしぐさだった。

「よし」

短く声を発し、指を離す。

「いま気を入れといてやった。普通に歩いていけば完走できる。おとっつぁんも、うしろから風を吹かせてくれるさ」

白髪の残りが少なくなったランナーはそう言って笑った。

「ありがとうございます」

真鈴は頭を下げた。

「エイドを出たら、こいつを追ってくれ。あっという間に走っていったりはしないから」

ベテランランナーは背中の多摩川ブルーを指さした。

「わかりました」

母が笑みを浮かべた。

「蜘蛛の糸が切れないようにがんばります」

真鈴が言った。

「はは、おれはカンダタじゃないから」

目じりにしわがいくつも浮かぶ。

「じゃあ、がんばってな」

老ランナーが手を伸ばした。

今度は喪章ではなく、生身の手を握る。

味のあるぬくもりが伝わってきた。

21 河川敷の表彰式 ～午後六時まで

長い道のりだった。やっとゴール地点が近づいてきた。

浜中慎一郎は時計を見た。これならそんなに待たせてはいないだろう。自分の手で外したゼッケンを揺らしながら、痛む足を引きずり、慎一郎はゆっくりとゴールに向かった。

河川敷のゴールアーチが見えてきた。ただし、そこへ向かうわけにはいかない。あのアーチは、完走したランナーだけを迎える場所だ。

ＭＣが完走したランナーの名を読み上げ、労をねぎらっている。ゴール地点に戻ってきたが、わが名が呼ばれることはない。

ふっと一つ息を吐き、慎一郎は河川敷に向かう最後の下りに入った。そして、牧村に連絡するために携帯電話を取り出した。

＊

「そうですか……お疲れさまです。お待ちしていますので」

牧村信弘はそう言って通話を終えた。

「着いたって？」

響子が問う。

「ああ。外したゼッケンを持ってるらしい」

牧村は答えた。

「この恰好なら、浜中さんは見落とさないな」

翔太が父を手で示した。

ややあって、フィニッシャーズタオルやメダルを肩や首にかけた誇らしげなランナーにまじって、一人だけゼッケンを手にして歩いてくる者の姿が目にとまった。浜中慎一郎だ。

牧村はゆっくりと手を挙げた。

「浜中さーん」

響子が精一杯の声をかけた。

外したゼッケンを振ると、ランナーは足を引きずりながら近づいてきた。

＊

「浜中です。遅くなってしまいました」

慎一郎は言った。

「初めまして」

マキ、こと牧村信弘が第一声を発した。

「やっとお目にかかれました」

シンさん、こと浜中慎一郎が手を伸ばす。

男同士の握手が交わされた。慎一郎は胸の詰まる思いだった。いま握っている牧村の手は、折れそうなほどにやせ細っていた。

ほどなく、手がごく自然に離れた。

「せがれと、娘です」

ふと気づいたように、牧村は翔太と響子を紹介した。

「初めまして」

「父がお世話になっております」

少し緊張した声が響く。

「ご体調は、いかがですか」

そうたずねたのは、牧村のほうだった。

「関門を通過してから足が痛くなってしまいましてね。折り返しまで行ったらずいぶんお待たせしてしまうので、リタイアしました」

慎一郎は答えた。

「わたしのことはお気になさらず、完走を目指されたら良かったのに」

牧村はわがことのように悔しそうな面持ちで言った。

「いえ、終盤を全部歩くのは不本意ですし、完走は来年の宿題に取っておきます。ですから、来年もここでお目にかかりましょう」

慎一郎は思いをこめて言った。

西の空がかなり赤くなっていた。河川敷で人の顔がはっきりわかるのも、あと一時間ほどだろう。

「来年、ですか……どうにか、ここまで」

牧村はそこでにわかにせきこんだ。

響子が背中をさする。いくたびもそういうことがあるのか、慣れた手つきだった。

「……失礼」

牧村は短くわびてから続けた。

「五月の、今日という日まで、寿命が、延びました。多摩川へ行って、浜中さんに、お目にかからなければ、と。それを励みに、昨年から、毎日、生きてきました」

何度も言葉を切りながら、牧村は言った。

「カレンダーに大きな花丸がついてたんです」

娘の響子が言った。

「バイクが間に合うか、心配しましたけど」

息子の翔太も笑みを浮かべる。

「これがその……」

慎一郎は言葉を呑みこんだ。

最後の一台、と言ったら、これが一期一会になってしまいそうな気がしたからだ。

「サドルを、ハンドメイドにしたら、ことに時間が、かかってしまいました」

牧村は苦笑いを浮かべた。

「今日は乗っていらっしゃったんですね？」

「ええ。土手は、上げられなくて、娘に」

かたわらの響子を見る。

「いい色合いです」

慎一郎はうなずいた。

フレームの内奥から色がにじみ出ているかのような、深い銅色だった。

「人生の、色です。こんなに、輝いてはいなかったけれど」

父の言葉を聞いて、娘が首を横に振った。

「銅メダルを獲得されたじゃないですか、そのユニフォームで」

慎一郎は指さした。

「実は、持ってきたんです、人生の宝物のメダルを」

少し恥ずかしそうに、牧村は言った。

小ぶりのリュックを下ろし、中に入れてきたものを取り出す。それだけのしぐさも大儀そうで、子供たちは手を貸すか貸すまいかと迷ったように見えた。

「へえ、これが」

慎一郎は瞬きをした。

オリンピックのものだと言われても信じてしまいそうな、立派な意匠のメダルだった。

「世界選手権と言っても、年代別で、とくに参加者が薄かった、大会でした。運が、良かったんです」

牧村は謙遜した。

「それでも、雲の上の人なので」

翔太が身ぶりをまじえて言う。

「弟もトライアスロンをやってるんです」

響子が紹介した。

「そうなんですか。親子二代ですね」

と、慎一郎。

「今日は、潮来で、優勝したそうです」

父はうれしそうに告げた。

「それはすごいです」

「いやいや」

翔太はあわてて手を振った。

「優勝と言っても人が少ない二十代の年代別で、総合ではベスト二〇にやっと入った程度ですから」

「それでも、先が楽しみです」

慎一郎は牧村の顔を見た。

「このバイクは譲ると、せがれに言いました」

牧村は言った。

「わたしはもう……」

そこで言葉が途切れた。

「せっかく、長い時間をかけて仕上げたロードバイクです。長く乗ってくださいよ、牧村さん」

慎一郎は言った。

牧村は笑って答えなかった。

多摩川の河川敷に風が吹く。日中はあんなに暑かったのに、急に涼しくなってきた。

「じゃあ、記念撮影をしましょう」

 やや重くなった空気を打ち払うように、響子が言った。

「浜中さんに表彰式のプレゼンターを」

翔太が案を出す。

「お安い御用です」

慎一郎は笑みを浮かべた。

世界選手権のメダルは手にずっしりと重かった。

「あのときの感激が、よみがえってきます」

牧村は続けざまに瞬きをした。

「では」

牧村の首に、慎一郎はゆっくりとかつての栄光のメダルをかけた。

「おめでとうございます」

再び、握手をする。

響子と翔太が拍手をした。

「ありがとう……SNSで、浜中さんと交わした会話は、大きな心の支えでした。おかげで、思い出多い多摩川の河川敷を、また新しいバイクで、少しだけ走れました。ありがとう」

牧村は言った。

拍手をしながら、響子は夕焼け空を見ていた。必死に何かをこらえているように見えた。

「こちらこそ。来年は、今年もらえなかった自分の完走メダルをゴールへ届けますよ。今年はこんなものしか手に残らなかったので」

慎一郎はぼろぼろになったゼッケンをかざした。

「それを、いただけますか？」

牧村は思いがけないことを口走った。

「こんなものを？」

慎一郎は意外そうな顔つきになった。

「ええ。あなたの汗と、思いがこもった、ゼッケンですから」

牧村はかみしめるように言った。

「汗と思いが……では、来年は必ずメダルを」

そう約束すると、慎一郎は「浜中慎一郎」と名が記された一枚のゼッケンを牧村に渡した。

「ありがとう。来年まで……」

ゼッケンを表彰状のように胸に抱いた牧村は、言葉を呑みこんだ。

「多摩川の夏も、秋も、冬も、翌年の春も、牧村さんのバイクを待っていますから」

それと察して、慎一郎は言った。

「はい」

牧村がうなずく。

少し間があった。河川敷の風が吹き抜けていく。

「じゃあ、撮ります」

翔太がカメラを構えた。

「肩を組みましょう」

慎一郎は言った。

「メダルを持ってよ、お父さん」

響子が声をかけた。

「こうか？」

「そうそう」

ポーズが決まった。

「はい、チーズ……もう一枚」

ほどなく、撮影が終わった。

「じゃあ、あまり暗くならないうちに」

慎一郎はちらりと空を見てから言った。

「風邪を引くといけないし」

娘が父に言う。

「では、また、ランニングカフェで」

牧村が言った。

「それ以外でも……多摩川の大会に、また出ますので」

慎一郎は笑みを浮かべた。

「季節ごとにマラソン大会がありますものね」

響子がすぐさま言った。

「それを励みに、その日一日を、生きて、積み重ねていきますよ」

牧村の口から、最後は前向きな言葉がもれた。

「がんばってください」

慎一郎はまた手を伸ばした。

「ありがとう」

牧村が握り返す。

やっと会えた男の手だ。それは、なかなかに離しがたかった。

22 フィニッシャーズタオル ～午後六時半まで

「見えなくなっちゃったね、蜘蛛の糸」

真鈴が少しかすれた声で言った。ずっと目標にしていたベテランランナーの多摩川ブルーのゼッケンが、とうとう見えなくなってしまったのだ。

「仕方ないわよ。暗くなってきたから」

母がなぐさめるように言う。

「何度も立ち止まってストレッチしたから」

真鈴はそう言って、また腕時計を見た。残り時間は刻々と減っていく。すべて歩きでも安全圏だとずっと思いこんでいたのだが、もう楽観はできなくなってきた。

幸い、痛み止めは効いてくれた。右のふくらはぎに負担をかけないように、だましだまし歩くことはできる。

だが、本来の歩き方にはほど遠い。普段は使わない筋肉にも頼らざるをえないから、ふくらはぎのほかの太ももやひざなども張ってくる。もうどこが痛いのかわからないくらいだ。ストレッチをすると多少はましになるが、またいくらか歩くと元に戻ってしまう。

「残りの距離は少ないから。歩きつづけてれば大丈夫」

コースをよく知っている母が励ます。

「うん……でも、長いね。フルマラソンでも長いのに」

真鈴は感慨をこめて言った。

「フルの距離を超えてからが長く感じるでしょ?」

「そう。だんだん頭もぼーっとしてくるし、あちこち痛いし」

「一〇〇キロはこの倍だからね」

母は指を二本立てた。

「そう考えると、パパは偉大だったたね。一〇〇キロの部を九回も完走したんだから」

「もうすぐ一〇回よ」

「ああ、そうね。心の多摩川ブルーまでもう少し」

真鈴は行く手の投光機を見た。

あたりが暗くなってきて、いつの間にか灯が入った。制限時間ぎりぎりのランナーたちにエールを送るような光だ。河川敷のサイクリングコースに、ほぼ等間隔で俵型の灯りが並んでいる。

「なんだか、まぼろしみたい」

痛む足を懸命に動かしながら、真鈴はぽつりと言った。

疲れた目に映る投光機の白い灯りは、この世ならぬまぼろし、いや、何かのたましいのように見えた。

「闇が濃くなると、だんだんきれいになっていくの、あの灯り」

去年も走っている母が行く手を指さした。

「あれを目指していけばいいね」

「そう。一つずつ」

真鈴は次の言葉を呑みこんだ。

パパがあそこで待っていると思って、一つずつ……。

そう口に出したりしたら、目の前が涙でぼやけて歩けなくなってしまいそうだった。

「だんだん大きくなってきた」

母が次の投光機を指さした。

「うん」

真鈴は瞬きをした。

そして、少しだけ足を速めた。パパがそこに立っているような白い灯りに向かって、腕を懸命に振って歩いた。

＊

灯が入ったのは、投光機ばかりではなかった。エアアーチにも灯りがともった。これから外が暗くなるにつれて輝きを増していく。

レースの残りはあと三〇分あまり。まだまだウルトラマラソンのドラマは続く。

そんなゴール会場に、一人のひげ面の男がふらりと姿を現した。快速ホームレスだ。走内駿介は娘のコスモスにMCを譲り、ゴール地点で待機していた。そこへ、河川敷のコーチを自称する男がやってきた。

「おう」

駿介が先に声をかけた。

快速ホームレスが気づいた。

「世話になるぜ……いや、なります」

と、殊勝に頭を下げる。

「手伝ってくれるのかい」

駿介がたずねた。

「多摩川の河川敷に礼を言って、別れを告げてきたんでね。何でもやらせてもらいますよ」

どこかふっきれたような顔つきで、快速ホームレスは言った。

「だったら……」

ランニングマインドの代表は、ゴール地点を指さした。

「あれを手伝ってやってくれ」

ちょうど一人のランナーがゴールし、フィニッシャーズタオルをかけてもらうところだった。

「おれみたいなむくつけき男でいいんなら」

快速ホームレスが笑みを浮かべた。

「そりゃあ、かわいい女の子からかけてもらったほうがうれしいだろうけどよ」

「その分ひと声かけてあげればいいじゃない」

そばに来てきた保美が言った。

「オッケー。それなら任しといてくれ」

もと河川敷のコーチは力こぶをつくってみせた。

「おーい、タオルの助っ人、一人追加。シャツも渡してやれ」

駿介がスタッフに声をかけた。

ほどなく、支度が整った。

＊

「一〇〇キロ完走、おめでとう！」

ひげ面の男が、タオルを広げて出迎えた。

「はい、お疲れ」

ゴールしたランナーの肩にタオルをかけ、盛大に拍手をする。

ホームレスの恰好のままだと何者かと思われるから、スタッフだけが身に着けている多摩川ブルーのシャツに着替えた。おかげで、ずいぶんさっぱりした。

「あと少しだよ。最後はスマイル」

堂に入った声援ぶりだった。

その様子を、いくらか離れたところから駿介と保美が見ていた。

「なかなかやるじゃないか」

「声をかけるのは慣れてるから」

と、保美。

「五十近いけれども、いまでもかなり走れるみたいだな。腹は出てねえし」

駿介は少し気になっている自分の腹にさわった。

「で、あの人、これが終わったらまたホームレスに戻るの？」

保美がたずねた。

「ああ、そうか。そっちのほうの段取りをつけておかないとな」

駿介はスマートホンを取り出した。

呼び出したのは、杉山建設の社長の杉山健一だった。

「ああ、健ちゃん、今日はどうも……」

そう切り出したあと、駿介はひとしきり私設エイドの労をねぎらった。浅川のコースを使えるのは、社員寮のトイレまで提供してくれる杉山建設の協力があったればこそだ。

「ところで、お願いついでに、人を一人、頼まれてくれないかな。長年、河川敷のホームレスで鼻つまみだった元ランナーなんだが、遅まきながら悔い改めて、うちのスタッフでやり直したいと言いだしてるんだ。とりあえず、倉庫の隅っこでいいので、今晩の寝るところをやってくれればありがたいんだが……」

用件を伝えると、むかしからの友から打てば響くような返事があった。現場は常に人不足だから、やる気さえあるのなら、明日から仕事に出られる。相部屋になるが、寮にも空きがある。

「ああ、そりゃ助かるわ」

駿介は笑みを浮かべた。

「その人、まだそっちにいるの？」

杉山健一がたずねた。

「ああ。ゴールしたランナーにフィニッシャーズタオルをかけてる」

駿介は答えた。

「なら、近くまで軽トラで行くよ。エイドで出したクリームパンがだいぶ余ったんだ」

杉山建設の社長は快く申し出てくれた。

「そうかい。ますます助かる」

と、駿介。

「だったら、すぐ支度して行くから」

「伝えとくよ。ありがとう」

瞬くうちに段取りが進んだ。

*

「すごいなあ、一〇〇キロ完走だよ。おめでとう」

また一枚、ランナーの肩にフィニッシャーズタオルがかけられた。

「やれやれ、これで多摩川ブルーだよ」

完走したばかりのランナーが笑う。

「一〇回完走?」

「そう。一〇〇キロを一〇回、レースだけで一〇〇〇キロ」

「やったね。努力の賜物だ」

もと快速ホームレスがたたえた。

「ありがとう。また来年」

「来年は多摩川ブルーのゼッケンで。お疲れさん」

そこでランナーが途切れた。

「おーい」

駿介が手を振りながら近づいてきた。

「明日から働けるな?　間々田幸市さん」

本名で呼びかける。

「もちろんで。足を洗うつもりで、多摩川に礼を言ってきたんで」

ひげ面の男が答えた。

「浅川にエイドを出してる杉山建設の社長は、おれの幼なじみだ。話をつけてきてやった。相部屋だが寮もある。今晩からふとんで寝て、明日から現場で働いてくれ。いま軽トラでこっちへ向かってるから、一緒に乗って帰んな」

駿介は歯切れよく伝えた。

「もうそんなとこまで……」

間々田幸市は目を瞠った。

「おれはやることが早《はえ》えから」

駿介が笑う。

「そうそう、ランニングマインドのスタッフもやってくれよな。こういう大会ばかりじゃなくて、練習会も定期的にやってるから」

「ああ、わかった……わかりました」

もと快速ホームレスは言葉つきを改めた。

「練習会でペーサーをやってくれ。交通費と弁当代くらいしか出せないけどよ」

参加者が好記録を出せるように、ペースをつくりながら先導する役だ。

「それだけありゃ御《おん》の字で」

「なら、来年のウルトラマラソンは設営からやってくれよな」

駿介は言った。

「コースは隅々までわかってるんで」

「頼りにしてるぞ」

そこでまた続けてランナーがゴールに飛びこんできた。

「ナイスラン！」

ひときわ大きな声を出して、もと快速ホームレスは駆け寄っていった。

「お疲れさん」

ひげ面を崩して、ゴールしたランナーにフィニッシャーズタオルをかける。

「おまえさんも一枚、タオルをもらっていきな。足を洗った記念だ」

駿介が声をかけた。

「くれるんですかい？」

「おう。自分の肩にかけてやれ」

もと快速ホームレスは、手にしたものをしみじみと見た。

完走すべてが勝者！
おめでとう
第12回多摩川ウルトラマラソン

シンプルにそう記されている。

ホームレスから足を洗おうとしている男は、しみじみとその文字を見た。

「完走すべてが勝者、か。えれえレースだったな」

自嘲気味に言って瞬きをする。

「長《なげ》えレースだったが、たぶんここでゴールだろうよ。……お疲れさん」

間々田幸市はそう言って、フィニッシャーズタオルを自分の肩にふわりとかけた。

23　魂のゴールアーチ　～レース終了まで

「風が吹いてる」

真鈴が言った。

「追い風ね」

母が腕を振った。

その風に乗って、かすかに声が聞こえてきた。

おかえりなさい……もうすぐゴールですよ……。

空耳ではなかった。ゴール地点のＭＣの声だ。

「もう残り一キロないよ。完走できるよ」

沿道のスタッフから声が飛んだ。

「はい」

真鈴ははっきりした声で答えた。やっと終わりが見えてきた。ゴールしたら、もう足を動かさなくても済む。

「だんだん大きくなってきた、ゴールの声」

母が耳をすます。

「追い風も。パパが吹かせてくれてるみたい」

真鈴は肩に手をやった。

「ちょっと遅かったけどね」

母が苦笑いを浮かべた。

歩くのと変わらないほどのスピードだが、二人は走っていた。

「最後くらいは走ろうよ」

「そうね」

そんな短い会話を交わしたあと、あちこちの痛みをこらえて、また走りだしたのだ。

「これなら、一五分前くらいにゴールできそう」

真鈴は時計を見た。

「制限時間の長さに助けられたわね」

母が息をつく。

「あっ、見えてきた」

真鈴が弾んだ声をあげ、斜め前方を指さした。ゴール地点のエアアーチだ。

「ほんと。暗くなってきたからきれい」

「あそこまで走ったらゴールね」

心底ほっとしたように、真鈴は言った。

「長かったわね、五〇キロでも」

と、母。

「五〇キロじゃなくて、一〇〇キロだから」

真鈴はすぐさま訂正した。

「あ、そうか。とうとう達成ね、心の多摩川ブルー」

母は感慨深げな顔つきになった。

「来年は手製のゼッケンもつくって出ようか」

真鈴が思いついたことを口にした。

「パパは誕生日にちなんだ128番を欲しがってたから」

「じゃあ、その番号で」

話はすぐ決まった。

「だんだん大きくなってきた」

母が指さす。

「なんだか……魂みたい」

真鈴は思いをこめて言った。

白いアーチが見える。あそこがゴールだ。長かったけれど、やっとゴールが見えてきた。

そう思ったとき、背中にまた風を感じた。

そっと背を押すような風だった。

*

「ファイト、あと少し」

ゴールの河川敷へ下りていくランナーに声援が飛んだ。

声の主は、千々和純一だった。夕食は会場に出ている屋台で済ませた。それから、またランナーに声援を送りはじめた。ゴールしたのが一二時前だから、ずいぶん長く同じところに立っている。旗を振る若いスタッフとは、すっかり顔なじみになった。弱小チームだが、箱根駅伝の予選会も走ったことがあるというスタッフとはランニング談議が弾んだ。

「あと二〇分を切ったね」

純一は時計を見た。

「第三関門を通過していれば、午後七時を過ぎても完走扱いにしてるんです」

「あっ、そうなんだ」

「そのために、あのようなものを」

スタッフは投光機を指さした。

「じゃあ、無理にラストスパートをかけてもらうことはないね」

「そうですね。ただ、正規の制限時間内でゴールしたいでしょうから」

そんな話をしていると、両側からランナーが何人か近づいてきた。

左は一〇〇キロ、右は五〇キロのランナーだ。

純一は右側を見て、ほっとしたような顔つきになった。

まだ来ないのか。ひょっとしたらリタイアしてしまったのだろうか……。

ひそかに気をもんでいたのだ。

「あと少し。ここを曲がったらすぐゴールですよ」

純一はだいぶかすれてきた声をあげた。

すらりとした体型の女性ランナーが右手を挙げた。

その肩には、黒い喪章がついていた。

＊

「お帰りなさい」

千々和純一が笑顔で言った。

「ただいま。遅くなりました」

真鈴も笑みを浮かべた。

「なかなか来ないので心配してたんです」

純一が伝える。

「ごめんなさい」

「だいぶ歩いちゃったので」

母も言った。

「とにかく、お疲れさま。ゴール後はゆっくり休んでください」

「はい、ありがとうございます」

「まだここで声援されるんですか？」

真鈴がたずねた。

「ええ。最後のランナーまではいられないかもしれないけど、できるかぎり」

純一は答えた。

「ご苦労さまです。がんばってください」

「ありがとう」

そこで次のランナーが帰ってきた。

「ナイスラン」

一〇〇キロの部のランナーに声をかけると、真鈴は純一に会釈をして、母とともに走りだした。

＊

「さあ、五〇キロの部のランナーも入ってきました」

MCの声が響いた。

「稲垣かおりさんと真鈴さん、いま手をつないでゴールです」

拍手がわく。

「おっ、待ってたよ」

ひげ面の男が、かおりにフィニッシャーズタオルをかけた。

真鈴にはボランティアの女子高生がかける。

「だれかと思った」

「もうスタッフだからよ、おれ」

河川敷のコーチを自任していた男が胸を張る。

「お疲れさま」

真鈴にスタッフがスポーツドリンクのペットボトルを渡した。

そのとき、ケーブルテレビのディレクターとおぼしい男から声がかかった。

「ちょっと失礼します。インタビュー、よろしいでしょうか」

「はい、どうぞ」

母が快く引き受けた。

ほどなく、女性のアナウンサーによるインタビューが始まった。喪章の意味を手短に告げ、心の多摩川ブルーを達成できたことを伝えると、インタビュアーは思わず声を詰まらせた。

「墓前に……いい報告ができますね」

「ええ、やっと」

「約束を果たせました」

真鈴と母は晴れやかな表情で答えた。

「では、来年は……」

「手製の多摩川ブルーのゼッケンをつくって出ようかと」

「ああ、それはいい考えですね」

インタビュアーは笑顔に戻った。

「父は誕生日にちなんだゼッケンを希望していたので」

真鈴が告げた。

「手書きだとまぎらわしくないでしょうから」

母が言葉を添える。

そのやり取りを、近くで走内保美が聞いていた。保美は手にした参加者名簿を確認し、何か思案ありげにうなずいた。

「では、来年もがんばってください。お疲れさまでした」

「ありがとうございます」

インタビューが終わるころ、午後七時の制限時間が近づいた。

カウントダウンが始まる。一〇〇キロの部のランナーが一人、ぎくしゃくしたフォームで必死にゴールを目指していた。

「がんばって」

「あと少し！」

真鈴たちも全力で声援を送った。
五、四、三……
ランナーはそこでゴールに飛びこんだ。

「間に合いました。一四時間を切ってのゴールです！」

ＭＣの声が高くなる。

ゴール後に倒れこんでしまったランナーに向かって、母と娘は手が痛くなるほど拍手をした。

＊

日中の暑さが嘘のように、河川敷を吹く風が冷たくなってきた。等間隔に据えられた投光機が白いオブジェのように光っている。もうあたりはすっかり暗くなった。

それでも、まだ一〇〇キロの部のランナーはゴールを目指していた。八七キロの最終関門さえ通過すれば、正規の制限時間をかなりオーバーしてもゴールを待つ。その肩にフィニッシャーズタオルをかけてあげる。それがランニングマインドの方針だ。

千々和純一は、まだそこに立っていた。

「あと少しです」

ランナーの姿が見えるたびに声をかけて励ます。

ゴールしたランナーは土手に上がり、いったんコースを横切って体育館のほうへ戻っていく。そこで荷物を受け取り、更衣室で着替えて家路につく。

「早く着替えないと、風邪引いちゃうよ」

土手に上がるところで、母がうながした。

「うん、そうね。寒くなってきた」

真鈴も続く。

それほど急ではない石段だが、ウルトラのあとだけにこたえた。二人は一歩ずつひざに手をやりながら上った。

「お疲れさまでした」

コースを横切る地点にはスタッフがいて、ランナーと交錯しないように誘導していた。

もっとも、もう通るランナーはまばらだ。

「お疲れさまです」

「最終ランナーはどれくらいになるんですか？」

真鈴はたずねた。

「去年は一五時間半くらいかかりましたね。足を痛めてゆっくり歩くしかない人もいますから」

スタッフは答えた。

「大変ですね。じゃあ、また来年」

「はい、お待ちしてます」

二人はコースを横切った。

そして、体育館のほうへ向かおうとしたとき、真鈴は急に足を止めた。

「ちょっと待って、ママ」

だしぬけに浮かんだのは、蜘蛛の糸のイメージだった。

このままだと、糸が切れてしまう。

通り過ぎちゃいけない。コースに引き返さなければ……。

真鈴は強くそう思った。

と同時に、同僚の女性の結婚式で聞いたエピソードがだしぬけによみがえってきた。

あるイベントで知り合った男性と、帰りのエスカレーターで鉢合わせしそうになった。人見知りをするたちだったから、いつもなら知らない顔をしてやりすごしただろうが、「ここで見送っちゃいけない」という勘が強く働き、同じエスカレーターに乗って話をした。それが縁で、今日の披露宴につながったということだった。

その話が、妙にリアルによみがえってきた。

「何？　忘れ物？」

母が振り向いて問うた。

「そう……忘れ物」

「何を忘れたの」

真鈴は笑って答えなかった。

そして、ある方向へと速足で歩きだした。

＊

「千々和さん、今日はありがとうございました」

真鈴は明るい声で言った。

「ああ、お疲れさまでした。これからお帰りですか？」

純一も笑みを浮かべる。

「はい。あの……」

少したためらってから、真鈴は意を決したようにたずねた。

「千々和さんは、ランニングカフェに登録されていますか？」

やや唐突な問いだった。

「ランニングカフェですか？」

「はい」

真鈴は祈るような気持ちで答えた。

「練習の記録をつける程度で、フレンドは少ないんですが、登録だけはしています」

純一はそう答えた。

「良かったあ」

真鈴は胸に手をやった。

心臓の音が聞こえるかのようだった。ひとすじの蜘蛛の糸はつながったのだ。

「わたし、カタカナのマリンで登録してます。リンクフリーなので、よろしかったらリンクさせてください」

真鈴は思い切って告げた。

「わかりました。ぼくはカタカナのジュンです」

純一が答える。

「よろしくお願いします」

真鈴は右手を伸ばした。

その手を、純一はしっかりと握った。

次のランナーが来た。

「じゃあ、お疲れさまでした」

真鈴は笑顔で言った。

「お疲れさまでした……もう少しでゴールですよ」

必死に足を動かしているランナーに向かって、純一は両手でメガホンをつくって告げた。

今度こそ、真鈴は母とともに体育館に向かった。

「よしっ」

純一の姿が見えなくなったところで、真鈴は小さなガッツポーズをつくった。

24　ささやかな奇蹟の道　〜ゴール三か月後

真鈴はサイクリングロードを一人で走っていた。

多摩川ウルトラマラソンから二か月が経過した。七月の河川敷だから、照り返しがきつい。去年までなら、母に誘われなければ走ったりしなかっただろうが、いまは自分の意志で走っていた。とはいえ、暑い。汗をぬぐい、ポーチのボトルを手に取り、立ち止まって給水する。

「一般のウルトラマラソンに『速さ』は要求されません。一にも二にも、長く体を動かして、長い距離に耐えられる地足《じあし》をつくっていくことです」

ランニングカフェの「ジュン」はコメント欄でそう教えてくれた。

千々和純一のことだ。マラソン会場での約束どおり、純一は真鈴のフレンドになってくれた。それまではたまにしか更新しなかったのに、真鈴はほぼ毎日ランニングカフェに投稿するようになった。ランニングと関係のないただの写真付き日記でも投稿できるが、やはり少しでもランの記録をつけておきたい。真鈴はまめに走って更新するようになった。

純一の日記には、ここぞというときだけコメントを投稿するようにした。初めはずいぶんどきどきした。純一が返事を書いてくれるまで、何度もランニングカフェをチェックして落ち着かなかった。真鈴のコメントに対して、純一はいつも誠実に返信してくれた。そればかりではない。真鈴の日記を読んでアドバイスを送ってくれるようにもなった。

こうして、フレンドとしての淡い交流が続いた。真鈴は日に何回もスマホで純一のランニングカフェをチェックした。

給水を終えると、真鈴はまたゆっくりと走りだした。純一も同じコースを走っている。ただし、朝が早いからすれ違ったりすることはない。ランニングカフェを読んでいるから、純一の生活ぶりはおおよそわかっていた。朝は途方もなく早起きをし、出勤時間までひたすら走る。トップ電装の業務を午前中だけ行ったら、午後は陸上部のメンバーとともに練習に打ちこむ。そんな毎日だ。

三軍に落ちていた千々和純一は、また一軍のユニフォームを着られるようになった。多摩川ウルトラマラソンに端を発する快進撃が認められたからだ。

千々和純一の復活劇は、多摩川ウルトラマラソンの優勝から始まった。一部の陸上関係者にしか知られていなかったかつての名ランナーの復活が世に広く伝わったのは、翌月末に行われたサロマ湖一〇〇キロウルトラマラソンだった。一〇〇キロの世界選手権の代表選考会も兼ねているこのレースで、純一は途中から独走し、見事に優勝を果たした。

六時間一三分四八秒。世界記録まであと少しに迫る好タイムだった。

もちろん、世界選手権の代表に選ばれた。純一は久々に日の丸のついたユニフォームに袖を通すことになった。それとともに、トップ電装の一軍にも返り咲いた。千々和純一の復活劇はネットニュースを始めとするメディアで報じられた。監督がただちに動き、純一は超長距離のスペシャリストとして晴れて主力選手の扱いに戻ることになった。

純一はランニングカフェのプロフィール写真を変更した。トップ電装のクリムゾンレッドのユニフォームをまとったものに変えた。

「ようやくこの赤いユニフォームに戻ることができました。これからも応援をよろしくお願いいたします！」

純一はそう記した。

「やったあ！　おめでとうございます。次は日の丸のユニフォームですね」

真鈴は真っ先にコメントした。

「ありがとうございます。多摩川の河川敷をどん底の状態で走っていたとき、かけていただいた声援が励みになりました。あのひと言を境に風向きが変わったような気がします。九月のウルトラマラソンの世界選手権も、この調子で精一杯がんばります！」

心のこもった純一のコメントを、真鈴は何度も読み返した。

＊

純一からアドバイスされたフォームに気をつけながら、真鈴はゆっくりと走った。腰の位置を高くして、ふくらはぎに頼らず、足は「置くだけ」にして「長い脚」を使う。そうすると、ダメージを最小限にして長い距離を走ることができる。

簡単にまとめれば、そういうアドバイスだった。股関節から「長い脚」を楽に動かすことができるようになれば、ふくらはぎに無駄な負荷をかけることもない。

もう一つ、大転子という部分を使うことも純一の教えだった。腰骨のところに少し出っ張っている部分がある。それを大転子《だいてんし》と呼ぶ。この大転子からスッスッと動かすようにすれば、効率のいいランニングフォームになる。ランニングばかりでなくウォーキングから取り入れて練習できるので、真鈴は毎朝の通勤から実践するようにしていた。

真鈴は多摩川のほうを見た。ずっと見えるわけではないが、光り輝く水が視野に入るところもある。夏の光を恩寵のように宿しながら流れる水は、たとえようもなく美しかった。

初めての五〇キロのウルトラマラソンはなんとか完走したものの、フルマラソンの距離を超えてからはものすごく苦しんだ。手書きの心の多摩川ブルーのゼッケンで臨む来年は、もっと余裕を持って笑顔でゴールしたい。そのために、真鈴は少しでも長く走るように心がけていた。

しばらく走ると、葉の生い茂った並木がきれいな場所に出た。自転車用と歩行者用、走路がきれいに二つに分かれている。真鈴は立ち止まり、少し視線を下げて風景を撮った。

これで今日のランニングカフェの日記に載せる写真が撮れた。真鈴は笑みを浮かべた。

純一と交流するようになってから、真鈴はほぼ毎日ランニングカフェを更新していた。トレーニングをしなかった日も、ランチの写真などを載せるようにした。純一はそういった日記にも「おいしそうですね」などというコメントをたまにくれた。

写真を保存してから、真鈴はインターネットに接続した。ランニングカフェの純一のページは更新されていなかった。高地で合宿中だから、いまも厳しいトレーニングをしているだろう。トップ電装の長距離部で駅伝を走る主力メンバーと同じ場所での合宿だが、層の厚い駅伝のメンバーに純一が入ることはもうない。それでも、走る距離だけはほかのメンバーに負けないように、ウルトラマラソンのスペシャリストとして世界一になるために、純一はひたすら走りこんでいた。その様子は、たまに更新されるランニングカフェのページを見ればよくわかった。

真鈴はスマホをしまってまた走りだした。

純一さんの足元にも及ばないけれど、少しでも走ろう……。

走路が二つに分かれた道を、真鈴はゆっくりと走った。もちろん、歩行者用の道だ。その端のほうを、ほかの速いランナーの邪魔にならないように走る。

向こうから一人、軽快な足取りで女性ランナーが走ってきた。

「ファイト！」

年上のランナーから声をかけてくれた。

「がんばってください」

真鈴も軽く片手を挙げて応えた。

まったく知らなかった人と、こうして同じ時に走り、すれ違っていく。ここはささやかな奇蹟の道だ、と真鈴は思った。

父も走ったこの道で、千々和純一と初めてすれ違った。そして今日も、ランニングカフェのページをチェックしてから同じ道を走っている。

真鈴はまた多摩川の流れを見た。弾かれる夏の光を、少し目を細くしてながめた。

*

ささやかな奇蹟の道を、その後もランナーたちが思い思いに走った。

日中の暑さを避け、夜に走る者もいた。ライトを装着し、安全のために反射板をウエアにつけて走る。

夜の多摩川の河川敷は、どこかまぼろしめいている。生者ばかりでなく、死者もさりげなくまじっているかのような道を、足音をわずかに響かせながらランナーは走った。

そして、夏の光はさらに強くなった。

八月のことに暑い日、多摩川のサイクリングコースに一人の男が降り立った。

感慨深げに、ある場所を見る。そこで、初めて一人の男に出会った。その男に、いま別れを告げてきた。

浜中慎一郎は喪服をまとっていた。告別式の帰りだ。

牧村信弘の遺影は、トライアスロンの年代別世界選手権で銅メダルを獲得したときのものだった。故人は満面の笑みを浮かべていた。

多摩川ウルトラマラソンのゴール後に初めて出会ってから、何度も見舞いに行った。病院で寝たきりになっても、慎一郎が見舞いに行くたびに、牧村は笑顔で出迎えてくれた。

「来年、また多摩川ウルトラマラソンに出ます。今度は練習して必ず五〇キロの部を完走しますから、また応援しにきてください」

慎一郎はそう告げた。

牧村は穏やかな表情でうなずいた。

だが、そのときの面会が最後になってしまった。三日後、病状が急変し、牧村は帰らぬ人となった。

今日、最後の別れを告げてきた。牧村の死に顔は安らかだった。やり遂げた、という表情に見えた。

「浜中さんのおかげで、父の寿命はずいぶん延びたと思います。ありがとうございました」

娘の響子から礼を言われたときは、思わず胸が詰まった。

「父からもらった最後の一台、これから大会でも乗ります」

息子の翔太は力強く言った。

お棺には、さまざまな遺品が手向けられた。日の丸のついたユニフォームに、愛用していたバイクグローブ。誇らしく名前の入ったトライスーツ。どれもこれも、故人の思いがこもったものだった。

「ありがとう……」

白い花を手向けるとき、慎一郎は牧村に向かって言った。

「あなたに会えて良かった、マキさん」

最後に、慎一郎はハンドルネームで呼びかけた。

*

そのまま帰る気はしなかった。慎一郎はふと思い立ち、多摩川の河川敷へ向かった。

ほっ、と一つため息をつく。

水鳥が一羽、川面から飛び立つところだった。春夏秋冬、多摩川の水辺では、折々の鳥が飛ぶ。その鳥がひとしきり夏の青空を飛び、再び羽を休めるまで、慎一郎はじっと見送っていた。

サイクリングコースでは、とりどりのロードバイクが行き交っていた。かつて牧村が疾走した道を、銀輪が駆け抜けていく。

慎一郎は荷物を土手に置いた。そして、屈伸運動をすると、革靴のまま走りだした。じっとしているだけでも汗ばむ陽気だ。たちまち汗が噴き出してきた。それでも、慎一郎は走った。走らずにはいられなかった。

それとともに、改めて意を決した。来年の多摩川ウルトラマラソンは何があっても完走する、と。それが最後の男の約束だ。

幸い、経過は良好だった。転移はどこにも見られず、この調子なら寛解《かんかい》の可能性がきわめて高いと医者のお墨付きも出た。練習をこなせば、完走の期待は高まる。

三〇〇メートルくらい走ったところで、慎一郎は折り返した。礼服はもう汗びっしょりだった。散歩をしていた人も、ロードバイクの乗り手も、革靴で懸命に走る慎一郎を驚いたように見た。

やがて、ゴール地点に戻った。さすがに暑すぎるので上着を脱ぎ、ネクタイをゆるめた。

「帰ってくるよ、ここに」

ゴール地点をじっと見つめながら、慎一郎は言った。

そしてまた、額の汗をぬぐった。

25 神宮外苑の夜 ～ゴール七か月後

「あったかい恰好をして行くんだよ。今日の夜は冷えるから」

母のかおりが言った。

「うん。ネックウォーマーも新調したから」

真鈴が答えた。

「あんまり遅くならないようにね。向こうは夜通し走るんだから」

母はさらに心配そうに言った。

「わかってる。何周か応援したら帰るつもり」

真鈴はそう言って、手づくりの小さなボードをかざした。

ハート型のうちわのようなボードには、こう記されていた。

千々和さん　ファイト！

裏返すと、べつの文字が現れる。一字ずつ心をこめて、真鈴が書いた。

　ジュンさん　がんばって！

「ジュン」は千々和純一のランニングカフェでのハンドルネームだ。

「ほかに応援の人なんているの？　地味な大会なんでしょ？」

母が訊いた。

「行ってみないとわかんない。チームでサポートしながら参加してる人もいるようだけど」

真鈴が答える。

「千々和さんは？」

「トップ電装のスタッフさんがついてるはず」

真鈴は少し誇らしそうに言った。

「いつのまにか、日本を代表するウルトラランナーになったんだものね」

母は感慨深げだった。

「うん、これからその千々和さんの応援」

真鈴は笑みを浮かべてボードを振った。

＊

夏から秋、そして冬へと季節は移ろっていた。そのあいだ、千々和純一は大会で結果を出した。カタールのドーハで九月に行われた世界選手権で、純一は粘りの走りを見せた。調子は決して万全とはいえなかった。現地入りしてからの食事が合わず、レース中にも腹痛に見舞われた。一時はリタイアも考えたほどだったが、世界選手権は団体戦も兼ねている。ほかのメンバーに迷惑をかけたくない一心で必死に粘っているうち、調子がだんだん戻ってきた。腹痛も我慢できるようになった。これなら三位以内の表彰台に手が届く。そう思ったとたんに、また足が動くようになった。三位の選手をとらえると、さらに力がわいた。純一は懸命に前を追い、ゴール前でついにもう一人かわして二位に上がり、初出場で銀メダルを獲得した。

日本のウルトラマラソンの層は厚い。団体では僅差の競り合いを制し、見事金メダルを獲得した。純一は二度にわたって表彰台に乗った。手応えのあるレースだった。完調で臨めば、個人の金メダルも夢ではない。純一は大いに意を強くした。

純一を巡る環境と空気も一変した。トラックの世界選手権代表から、長いスランプを経てウルトラランナーとして奇跡の復活を遂げた千々和純一のことは、一般紙やスポーツ紙でも採り上げられて話題になった。「リベンジ！」という人気のテレビ番組で主役として登場し、広く名を知られるようになった。

所属するトップ電装でも、純一は高く評価された。三軍に落ち、社内報の担当になったときも、決して仕事の手は抜いていなかった。むろん、これからもウルトラランナーとしての活動をサポートしていくが、その人となりを買われ、将来は指導者として社に残ってほしいと請われるまでになった。一時は引退と退社を考えていたことを思えば、夢のような変化だった。

純一は次なるターゲットを見据えた。出場を決めたのは、年末に神宮外苑《じんぐうがいえん》で行われる二四時間走の大会だった。一〇〇キロのウルトラマラソンばかりでなく、二四時間走にも世界選手権がある。神宮外苑の大会は、その代表選考会となるレースだった。

二四時間走の世界選手権は七月の上旬で、いまのところ日程がきついから出場するかどうかは未定だが、とりあえず日本代表の座だけは確保しておきたかった。

二四時間走の派遣基準は次のとおりだった（単位はキロメートル）。

	男子	女子
Y	二六〇	二四〇
X	二五〇	二三〇
S	二四〇	二二〇
A	二三〇	二一〇

B　二二〇　二〇〇
C　二一〇　一九〇
D　二〇〇　一八〇

ウルトラマラソンはジャーニー系と周回系に大別される。同じ一〇〇キロでも、はるばると走っていくレースもあるが、周回を重ねていく大会もある。

二四時間走は周回系のウルトラの横綱のようなものだ。同じウルトラランナーでも得手不得手がある。ジャーニー系は得意でも、単調なコースを周回するのは苦手だというランナーもいれば、逆のタイプもいる。

一〇〇キロの世界選手権で実績を残した純一は、二四時間走という次なる山に挑んだ。目標は高く、二六〇キロ超えのY標準に置いた。神宮外苑の大会には一般ランナーも出走する。いちばん下のD標準の二〇〇キロでもあこがれの数字だ。並大抵ではクリアすることができない。その下の一八〇キロ、一〇〇マイルと称される一六〇キロ、さらに一五〇キロでも十分に称賛に値する記録だった。途中で短い仮眠や休憩を取ることもできるが、ランナーはおおむね夜通し走りつづける。同じ筋肉ばかり使うから、体のあちこちに痛みが出る。そればかりではない。精神力も問われる。ときにはあらぬ幻覚まで見えたりする。

その苛酷なレースに、千々和純一は臨んだ。

＊

初めのうち、真鈴は声援を送ることができなかった。一流のウルトラランナーの速さに圧倒されてしまったのだ。

二四時間走といえば、芸能人が走る企画番組しか観たことがなかった。それとはまったくスピードが違う。しかも、すでに夜に入っているから、スタートして六時間以上は経っていることになる。正午にスタートし、翌日の正午まで、二四時間に何キロ走れるかを競う過酷なレースだ。

二回目にトップ電装のユニフォームが見えたとき、真鈴は意を決してボードを出した。

「千々和さん、がんばって！」

声は普通に出たが、タイミングが遅かった。純一はちらりと横を向いただけだった。

もう夜だが、ランナーの安全を確保するための照明は十分だった。よほど暗がりに隠れていないかぎり、応援者の顔もわかる。

「ジュンさん、ファイト！」

次は早めにボードを出したから、純一もはっきりと気づいてくれた。

「応援ありがとう」

しっかりした声が返ってきた。

うしろにマークしているランナーがいたが、かなり顔がゆがんでいた。純一はまだ余裕だ。

「応援に来てくださったんですか？」

やにわに沿道から声をかけられたので、真鈴はちょっとうろたえた。

「え、ええ……ランニングカフェでリンクさせていただいているもので」

真鈴はどぎまぎしながら答えた。

「ああ、ランニングカフェはわたしもやってます」

そう言った男のベンチコートにはトップ電装のロゴがついていた。

「五月の多摩川ウルトラマラソンでお話させていただいて」

真鈴はそう告げた。

「ずっと長いトンネルに入ってたんですけど、あのレースでやっと出口が見えてきましてね」

純一のスタッフは笑みを浮かべた。

「今日も調子良さそうですね」

「いまのところは。長丁場なので何が起きるかわかりませんが」

スタッフはそう言って時計を確認した。

「じゃあ、がんばってください」

「はい、ありがとう」

邪魔になってはと思い、真鈴はスタッフから少し離れて純一を待った。

ほどなく、またトップ電装のユニフォームが見えてきた。上下動の少ない、流れるようなフォームだ。まずスタッフがラップを告げ、短く指示を送る。次に真鈴が声援を送った。

「千々和さん、ファイト！」

それに純一が右手を挙げて応える。笑みも浮かんだ。まだ余裕がある。

だが、あいにく天候が芳しくなくなってきた。予報どおり、小雨が降ってきた。凍えるような氷雨だ。深夜には雪に変わるだろう。

「風邪を引きますよ。夜通し走りますから」

数周後、声援に応えてから純一が言った。

「わかりました。がんばってくださいね」

気を使わせてはいけないと思い、真鈴はそう声をかけて歩きだした。

たしかに、寒かった。ずっとここに立っていたら風邪を引いてしまうだろう。

「では、失礼します」

真鈴はスタッフにあいさつした。

「ご苦労さま。応援ありがとうございました」

純一のスタッフは、ていねいに一礼した。

真鈴は最後にもう一度コースのほうを見た。

がんばって、純一さん……。

気を送ると、真鈴は帰路に就いた。

26　永久ナンバー　～ゴール八か月後

新年になった。

千々和純一からも年賀状が届いた。昨年の暮れ、ランニングカフェの「ジュン」からメッセージが来た。神宮外苑での応援の御礼とともに、「年賀状を差し上げたいので、もし差し支えがなければ住所を教えていただきたい」という内容だった。真鈴はお祝いの言葉とともに返信した。

神宮外苑の二四時間走で、純一は二七八キロという日本歴代二位の記録を打ち立てた。世界歴代でも上位に入る好記録で、むろんぶっち切りの優勝だった。夜から氷雨が雪に変わり、風も吹いた。厳しいコンディションに失速する選手が多いなか、純一の足取りは最後まで衰えなかった。コンディションがもっと良かったなら、あと五キロ上乗せして日本記録を更新できていたかもしれない。一〇〇キロのウルトラマラソンに続いて、二四時間走でも千々和純一は結果を出した。

マラソンに比べるとウルトラマラソンの扱いはそれまでいたって地味だったが、知名度の高い千々和純一の転向のおかげで変わった。純一の快走は一般紙でも採り上げられた。「ひと」というコラムで純一が紹介されたときは、真鈴はわが事のように喜んだ。

純一の年賀状は、人となりを表すような律儀なものだった。

「応援ありがとうございました。おかげさまで優勝できました」

末尾の余白に、手書きでそう一筆添えられていた。真鈴はその一行を何度も読んだ。

真鈴も年賀状を出した。どんな言葉を添えるか、迷った末にこう記した。

「今年もよろしくお願いします。どこかで一緒に走りたいですね」

前半だけでやめておこうかと思ったけれど、思い切って後半も書いた。

投函するとき、ちょっと胸がときめいた。

*

多摩川ウルトラマラソンのエントリー開始が近づいた次の週末、思いがけない来客があった。

稲垣家をたずねてきたのは、ランニングマインドの代表の走内駿介と妻の保美だった。

「実は、今日は稲垣さんにプレゼントをお持ちしたんです」

応対に出た母のかおりに向かって、保美は穏やかな笑みを浮かべて言った。

「わたしにですか?」

母がけげんそうに問うた。

「いいえ、娘の真鈴さんでもかまいませんので。きっと喜んでいただけると思いまして、家内と相談してまかりこした次第で」

走内駿介は如才のない口調で言った。

「こんにちは」

間合いを図って真鈴が笑顔で出迎えた。

「こんにちは。突然お邪魔してすみません」

保美が軽く頭を下げる。

「とりあえず、上がっていただいたら?」

真鈴は母に言った。

「そうね。……では、散らかってますけど」

少し迷っていた母は、身ぶりをまじえて言った。

こうして、走内夫妻は稲垣家の客になった。稲垣家の二人がお茶の支度をしているとき、駿介が部屋の一角をさりげなく指さし、保美と小声で段取りの確認をした。

機は熟した。来客用のソファに駿介と保美、その向かい側に真鈴と母が座った。

「では、能書きが長いとよく文句を言われているもので、まずはプレゼントする品からお見せいたしましょう」

駿介はそう言うと、ランニングマインドのロゴが刻まれているバッグからあるものを取り出した。

それは、ゼッケンだった。鮮やかな多摩川ブルーで、「128」と記されている。

「このゼッケンは……」

真鈴は瞬きをした。

「もしかして、多摩川ブルーの？」

母が問う。

「もしかしなくても、そうです」

駿介が笑みを浮かべた。

「パパの名前が書いている」

真鈴が指さした。

ゼッケンには、こう記されていた。

稲垣滋（代走可）

「すると、このゼッケンをつけて……」

母が保美の顔を見た。

「ええ。かおりさんでも真鈴さんでも、どなたでも出走できるようにしてみました」

保美は笑みを浮かべて答えた。

「ただし、条件があります」

駿介がわざとしかつめらしい顔をつくった。

「何でしょうか」

いくらか身構えて、母がたずねた。

「そこに、もう一行、字が入ってますよね」

ランニングマインドの代表は、名前の下の部分を示した。

第13回多摩川ウルトラマラソン

「ル」と「ン」のはねるところが足の形になっている。

「プレゼントしたのはあくまでも多摩川ブルーの永久ゼッケンでありまして、出場権ではありません。よって、エントリー代はその年ごとにお支払いを願います」

駿介はそう言って白い歯を見せた。

「ああ、それでしたら喜んで」

真鈴の表情がぱっと輝いた。

「今年も二人で出るつもりで……」

「エントリーを待ってたんです」

母と娘の声がそろった。

「一一日からエントリー開始ですので」

「よろしくお願いいたします」

ランニングマインドの夫妻が言った。

「それにしても、こんなゼッケンをいただけるなんて」

と、母。

「ほんとに、夢みたいです」

真鈴も上気した顔つきだった。

去年は五〇キロの部に出て、二人合わせて一〇〇キロを完走し、心の多摩川ブルーを獲得した。

でも、ここにあるゼッケンは、まぼろしではなかった。永久番号と名が記されたゼッケンの多摩川ブルーが目にしみるようだった。

たとえまぼろしの多摩川ブルーでも、それで満足だった。

「滋さんのお話をうかがいまして、ここで多摩川ブルーのゼッケンをお出ししなければランニングマインドの名折れだと思ったんです」

走内駿介が胸を張った。

「去年のケーブルテレビのインタビューを拝見したときから、ひそかに考えてたんですよ」

保美が笑みを浮かべた。

「そうでしたか。あのインタビューを……」

母がうなずく。

「ありがとうございます」

真鈴は頭を下げた。素直な感謝の言葉しか出てこなかった。

「子供たちも、もろ手を挙げて賛成してくれました。これは、ランニングマインドからのささやかな贈り物ですので」

代表者が多摩川ブルーのゼッケンを手で示した。

「ありがたく頂戴します。故人も喜びます」

母はそう言って続けざまに瞬きをした。

「じゃあ、パパに報告を」

真鈴は奥の部屋を見た。

そこには、仏壇が置かれていた。

「順番が逆になってしまいましたが、お参りをさせていただければと」

駿介が居住まいを正した。

「それは、ぜひ」

母が言った。

その言葉を聞いて、駿介は保美に目配せをした。

そして、ゆっくりと立ち上がった。

＊

仏壇の遺影は二枚になっていた。そのほうがいいだろうと真鈴が母と相談したのだ。

一枚は、前から飾ってあるランナーとしての写真だった。多摩川ウルトラマラソンのゴールアーチを、両手を挙げて笑顔でくぐるシーンだ。

もう一枚、追加された遺影は、まるで俳優のようなポートレートだった。こちらはネクタイをきちんと締め、ぐっと二枚目の雰囲気で唇を結んでいる。ただし、まなざしは穏やかだ。どちらも生前の滋がことに気に入っていた写真だった。

「稲垣滋さん……」

お参りを終え、両手を離した駿介は、遺影に向かって語りかけた。

「多摩川ブルーのゼッケンをお持ちしました。あなたは多摩川ウルトラマラソンに毎年出場し、九度の完走を果たされました。多摩川ブルーまであと一回、だれもが見事このゼッケンを獲得されるだろうと思っていましたが、急な病に倒れ、ついに宿願を果たすことができませんでした」

真鈴は目尻に指をやった。

ランニングマインドの代表はさらに続けた。

「しかし、あと一回、残りの一〇〇キロを、あとに残された奥様のかおりさんと、ご令嬢の真鈴さんが五〇キロずつ完走され、心の多摩川ブルーを獲得されました。その家族愛と、つないだバトンの尊さに鑑み、ここにこのゼッケンを贈ります」

駿介はゼッケンの天地の向きを逆にし、滋の墓前に捧げた。

「滋さん……」

駿介の声がかすれた。

「これはあなたの、この世にたった一枚だけの永久ゼッケンです。大切な家族とともに、どうかまた多摩川を走ってください。思い出多き、五月の多摩川を、風になって……」

そこで言葉が途切れた。

「泣くことないじゃないの、お父さん」

保美があきれたように言った。ただし、その目もうるんでいた。

「いや、歳のせいで、このところ涙腺がゆるくなってしまって……」

駿介は照れたようにうしろを向くと、さっと手の甲で涙をぬぐった。

＊

ほどなく、ランニングマインドの夫妻は腰を上げた。稲垣家の二人は何度も礼を言って客を見送った。

夕食は滋が好きだったシチューにした。二人で手分けしてつくり、滋の分も少し取り分けた。テーブルに多摩川ブルーのゼッケンを置き、陰膳にビールのグラスと枝豆も添えた。

「じゃあ、乾杯しよう」

母が言った。

「うん」

グラスが触れ合い、涼やかな音を立てる。

「パパも」

真鈴は陰膳のグラスに軽く触れた。

「おめでとう、永久ナンバーのゼッケン」

128と三桁の番号が記された多摩川ブルーのゼッケンを改めて見たとき、真鈴の脳裏に天啓のようにひらめいたことがあった。

「このゼッケン、どちらがつけてもいいのよね」

真鈴は母に言った。

「うん。ランニングマインドの人がそう言ってた。真鈴がつける?」

母が軽くたずねた。

「もしママが良ければ、わたしがつけて……」

真鈴はビールをちょっと飲んでから続けた。

「一〇〇キロの部を走る」

そう宣言する。

「えっ、一〇〇キロ？」

母の顔に驚きの色が浮かんだ。

「ママはまた出るんでしょ？」

「うん、最終関門の高い壁にチャレンジするけど、五〇キロの部とは比べものにならないよ」

「わかってるつもり。でも、五〇キロの部だと奥のほうまで行ってないじゃない」

真鈴は身ぶりをまじえて言った。

「奥って、川崎の折り返しね」

「そう。せめてそこまで行けば、パパが走った道を全部走ることになるから。たとえ片道だけでも」

真鈴はそう言ってうなずいた。

決心は変わらなかった。五〇キロの部はもう完走している。一〇〇キロは高い壁だけれど、挑み甲斐がある。たとえ今年は無理でも、いつか完走できるかもしれない。パパが毎年持って帰ってきたメダルとフィニッシャーズタオルをもらえるかもしれない。何年かかるかわからないけれど……。

「わかったわ」

母は笑顔で言った。

「でも、わたしは一〇〇キロの部の完走を目指すから、途中から置いてくかも」

「もちろん、それでいいから」

真鈴も笑みを浮かべた。

「折り返しまで走れてたら引っ張って。歩きだしたら、置いてっていいから」

「じゃあ、これは真鈴のね」

母は多摩川ブルーのゼッケンを渡した。

「ありがとう」

真鈴が受け取る。

永久ナンバーが記されたゼッケンは、軽くて重かった。

27　多摩川ブルーにほほえみを　～一年後

１２８番の多摩川ブルーのゼッケンが日の光を浴びている。

五月の第三日曜日、第一三回多摩川ウルトラマラソンは、青空のもとで開催されていた。

「今年も暑いね」

真鈴が額の汗をぬぐった。

その胸と背中には、１２８番のゼッケンが貼りつけられていた。「稲垣滋（代走可）」と記されたランナー名の「代走可」を赤ペンで囲み、線を引っ張って「稲垣真鈴」と自分の名前を書いた。

ほかの多摩川ブルーのゼッケンをつけたランナーは、みんな最低でも一〇〇キロの部を一〇回完走している。自分だけ五〇キロの部を一回どうにか完走しただけで多摩川ブルーとは、走る前は申し訳ないような気持ちだったけれど、走りはじめてみるとそんなことは気にならなくなった。とにかく前へ進んでいくしかない。

「今日は晴れの特異日だから」

併走する母のかおりが言う。

こちらは通常の参加者のゼッケンだ。その後、一年ごとに永久番号のゼッケンを交替でつけることに話が決まった。

「千々和さん、そろそろゴールかしら」

真鈴が時計を見た。

「そうね、まもなく十一時半だから」

母も時計を確認する。

一〇〇キロの部は五時スタートだから、六時間半が経過しようとしていた。日本のウルトラマラソンの第一人者になった千々和純一の力をもってすれば、もうゴールしていてもおかしくはない。途中ですれ違ったときも元気いっぱいだった。いったいどうすればウルトラをあんなスピードで走れるのかと驚くほどだった。

「こっちはまだまだ先が長いね」

と、真鈴。

「でも、川崎の折り返しには近づいてるから」

母が励ます。

「ちょっとずつ完走ペースから遅れていってるから、折り返したら一人で行って」

真鈴が左の手の甲を見た。

細かい数字がびっしりとサインペンで記されている。ペース表だ。

「折り返しにはまだ間があるし、これから上がってくるかもしれないよ」

経験のある母が言った。

「上がるかなあ」

真鈴は苦笑いを浮かべた。

さらに気温が高くなるだろうし、ここからピッチが上がりそうな感じはしない。

ややあって、真鈴と母は多摩川原橋を渡り、多摩川右岸の一般道に入った。五〇キロの部は橋の手前で折り返すから、真鈴にとってみれば未踏の部分だ。

「もうちょっとしたら唯一のコンビニがあるから」

母が前方を指さした。

「ああ、アイス食べたい」

そんな会話を交わしながら先へ進んでいく。

フルマラソンの距離を超えたが、ここまで遅いなりにすべて走っていた。ステップレースに選んだかすみがうらマラソンで、真鈴は自己ベストを更新した。一年経って、走力は着実にアップしていた。

同じかすみがうらマラソンでは、千々和純一が二時間二一分台のタイムで優勝した。初マラソンの好タイムには遠く及ばなかったが、さらに復活をアピールするうれしい優勝だった。地道なウルトラの練習が功を奏したのか、長らく苦しんできたローリング病の症状も出なくなった。

純一にはほうぼうの大会から招待選手やゲストランナーの依頼が来た。トップ電装の顔として、会社も全面的にバックアップしてくれているから、調整がつくかぎり練習も兼ねて参加することにしていた。

当面の大きな目標は、七月の二四時間走の世界選手権だ。年に二度、一〇〇キロと二四時間走の世界選手権で表彰台の頂点に立つことも、決して夢ではなかった。ウルトラランナーは経験も物を言う。純一の前途には洋々たる未来が広がっていた。

ほうぼうの大会へ呼ばれたおかげで、純一のスピーチは格段にうまくなった。今日も今後の目標と抱負を問われて、唯一の招待選手の純一はこんな受け答えをした。

「まずは今年の二四時間走と一〇〇キロの世界選手権で金メダルを獲得することです。それから、いつかウルトラマラソンがオリンピックの種目に採用されるまで、息長く世界のトップに立ちつづけて、レジェンドと呼ばれるようになりたいです。今日はそのための再スタートです。どうかよろしくお願いいたします」

多摩川ウルトラマラソンが生んだスターの言葉に、盛大な拍手がわいた。

＊

行く手にコンビニが見えてきた。真鈴と母は少し足を速めた。

「あっ、あれは」

真鈴が前方を指さした。

「見憶えのある動きね」

母が笑みを浮かべた。

コンビニの前でランナーの誘導を行っていたのは、もと快速ホームレスだった。

「おう」

向こうが先に気づいた。

「今年はどっちも一〇〇キロだってな。かしらから聞いたぞ」

河川敷のコーチだった男は、またひげ面になっていた。どうやらそのほうが楽らしい。

「やっとここまで来ました」

「お元気そうで」

真鈴と母が言う。

ひげ面が崩れた。

「なんとかやってるよ」

「スタッフ、がんばってください」

真鈴も笑顔で言った。

「おう」

ランニングマインドのスタッフになった男は、おどけた敬礼をした。

コンビニではアイスとエナジードリンク、それに豆大福を買った。空調が効いているからつい長居をしたくなるが、これに慣れてしまうと出たあとの走りがつらくなってしまう。さらなる誘惑を断ち切って、二人は外へ出た。

「よし、ここから。ファイト!」

もと快速ホームレスが声援を送る。

「代わってくださいよ」

半ば冗談で真鈴は言った。

「おれはこのところトラックランナーだからよ。ロード、しかもウルトラは向かねえや」

「大会にも出てるんですか?」

母が問うと、もと快速ホームレスの間々田幸市は「よくぞ訊いてくれました」という顔つきになった。

「こないだ、マスターズ陸上の五千メートルで優勝したんだぜ。まだまだ捨てたもんじゃねえや」

ひげ面の男は太腿をぽんとたたいた。

マスターズ陸上は五歳刻みの区分けになっている。年代別だからチャンスは多いが、それでも優勝は快挙だった。

「へえ、それはすごいですね」

「おめでとうございます」

二人は素直に祝福した。

「なら、ウルトラはここからだ。粘っていきな」

もと快速ホームレスは身ぶりをまじえて言った。

「はい」

「また復路で」

河川敷のコーチだった男に軽く手を振ると、真鈴と母は先を急いだ。

＊

浜中慎一郎は折り返しを回った。去年は手前で引き返したから、初めて回る赤いコーンだ。

この日のために、距離を踏む練習をした。それまでより早く起き、長めの通勤ランを設定した。上司の了解を得て、会社のロッカーに背広とネクタイなどを入れ、トイレで着替えるようにした。

病気を克服して、ウルトラマラソンの完走を目指す慎一郎のことは、社内報でも大きく採り上げられた。驚いたことに、今日は府中郷土の森に会社の部下たちが応援に駆けつけてくれた。人の情の厚さに、思わず目頭が熱くなった。

かつてのラン仲間もサポートしてくれた。ランニングクラブの練習会に参加し、刺激をもらいながら、慎一郎は少しずつウルトラの足をつくっていった。

昨夜、牧村のランニングカフェをしみじみと読み返していた。故人になったあとも「マキ」のページは生前と同じように残されていた。何かの理由でいまは練習を休んでいるけれど、そのうち復活するだろう。そんなたたずまいだった。

去年の多摩川ウルトラマラソンの日記に、牧村はこう記していた。


娘のサポートで、多摩川ウルトラマラソンの応援に行きました。ロードバイクの「最後の一台」に乗るのはこれが初めてです。

念願かなって、シンさんに初めてお目にかかりました。

感無量でした。


もちろん、去年もコメントをつけた。何度も礼を述べ、牧村の体を気遣った。そのコメントはそっくりそのまま残されていた。

少し迷ってから、慎一郎は新たなコメントを投稿した。


明日はまた多摩川ウルトラマラソンの五〇キロの部を走ります。

マキさん、ゴール地点で待っていてください。

慎一郎は行く手を見た。

本当に待ってくれているような気がした。あの忘れがたい温顔で、美しい銅色のフレームのロードバイクを支えながら、牧村が待っていてくれるような気がしてならなかった。

*

「あれは何？」

母が行く手を指さした。

「ソフトクリームって書いてあるように見えるけど」

真鈴は瞬きをした。

「幻覚じゃないわよね」

と、母。

「違うよ。ほんとに売ってる」

真鈴は声を弾ませた。

折り返しまであと五〇〇メートルほどに迫ったところに、小型のライトバンが停まっていた。

ソフトクリームの幟が立っている。

土手に座りこんでソフトクリームを食べているランナーもいた。ますます気温が上がっている。今年も暑さとの戦いだ。冷たいものの移動販売車は、まさにオアシスのようだった。

「二つください」

「はい、六〇〇円になります」

まだ若い男が硬貨を受け取り、手際よくソフトクリームをつくって真鈴と母に渡した。

「わあ、生き返る」

真鈴がほっとした顔つきになった。

「あればいいなと思ったものが出てた。幻覚じゃなかった」

母も笑みを浮かべた。

「ぼくも去年走って、ソフトクリームがあればいいなと思ったもので」

売り手も笑った。

「そうなんですか。いいところに目をつけましたね」

と、真鈴。

「おかげさまで、飛ぶように出てます」

「でも、このライトバン、クリーニング屋さんのものですよね」

母がいぶかしそうに指さした。

「本業はクリーニング屋なんです。このライトバンは、普段は配送や受け取りに使ってます。今日みたいなイベントがあるときだけ、ソフトクリーム屋になるんですよ」

「また走ったりしないんですか？　この大会」

真鈴は下を指さした。

「いやあ、一度で懲りました」

すぐさま答えが返ってきた。

「ソフトクリーム屋のほうが楽でもうかりますから」

三谷祐介はそう言って笑った。

＊

「先に行って、ママ」

折り返しを回ったとき、真鈴は言った。

「もう駄目？」

母が問う。

「うん。ここからはとても上げられない。ママはまだ完走の望みがあるから」

真鈴はそう答えた。

「じゃあ、ここでやめたら？　収容バスがあるよ」

母は待機していた小型のマイクロバスを指さした。

すでに何人も乗りこんでいる。ここでやめなければ、自力でスタート地点まで戻らなければならない。

「うーん、でも……」

リタイアの誘惑はあったが、真鈴はそれを断ち切った。

「歩くだけならまだいけそうだから、87キロの関門まで行ってみる。次につながるから」

真鈴は先を見据えた。

「次ね」

「うん、次」

真鈴はうなずいた。

今年はまだ一〇〇キロを完走する力はない。多摩川ブルーにふさわしい走りはできない。

でも、次に多摩川ブルーのゼッケンをつけて走る再来年は違う。きっと完走してみせる。

真鈴は心にそう誓った。

「わかった。じゃあ、無理しないでね」

母は右手を挙げた。

「うん。どうしても駄目そうだったら、スタッフに言ってリタイアするから」

「タクシー代は持ってる?」

母が心配そうに問うた。

「持ってるから大丈夫」

真鈴はウエストポーチを手でたたいた。

「じゃあ、お先に」

笑みを浮かべると、母はまた走りだした。

その背に向かって、真鈴は両手でメガホンをつくって声援を送った。

「ファイト!」

＊

一般客も来て忙しそうなソフトクリーム屋に会釈をし、真鈴は先へ進んだ。

初めはゆっくり走っていたけれども、そのうち歩きだした。関門通過の望みはないのだから、あとはしっかり給水をしながらスタート地点へ戻ればいい。

少し歩くと、トランシーバーを持ったスタッフが立っていた。真鈴はふと思い立ってたずねた。

「すみません。一〇〇キロの部で千々和純一さんは優勝されたでしょうか」

「ああ、優勝しましたよ。六時間三一分の大会新記録です。この暑さなのにすごいですね」

スタッフはそう伝えてくれた。

「ありがとうございます。大ファンなので」

真鈴は弾けるような笑みを浮かべた。

「そうですか。残り、がんばってください」

「はい、がんばります」

スタッフの声に送られた真鈴は、少しだけ走ってからまた歩きだした。

朝のうちはいくらか雲があったが、いまはきれいに晴れた。

多摩川ブルーの空だ。その抜けるような青が、今日はことに目にしみた。

参加者専用のコースを走るのではないマイナーな大会で、関門通過の望みをなくした後ろのほうだ。真鈴がすれ違うのは一般のジョガーのほうが多くなった。

対岸にもランナーの影があった。大会とは何の関係もなく、黙々と走る影がちらほらと見える。

真鈴は歩きながらそちらを見た。

遠くて顔までは見えない。まるでパパが走っているかのようだった。来年の大会に備えて、淡々と練習を積んでいる。そんな姿に見えた。

真鈴は右手を振った。

まぼろしのパパに向かって、何度も振った。

ややあって、対岸のランナーが気づいた。知り合いだと思ったのかどうか、向こうも手を振り返してくれた。

真鈴は笑みを浮かべた。
そしてまた、多摩川ブルーの空を見上げた。

28　風が吹く道で　〜未来へ……

風が吹いていた。

多摩川の河川敷には、必ず風が吹く。しかし、梅雨の晴れ間に吹く今日の風は心地よかった。

その風を背中に感じながら、真鈴は走っていた。

「はい、ストップ」

声がかかり、真鈴は足を止めた。

「今度は向かい風です。腕をしっかり振って走りましょう」

トップ電装のウエアをまとい、真鈴に指示を送っていたのは、千々和純一だった。

「はいっ」

元気よく答えて、真鈴はもと来た方向へ走りだした。

多摩川ブルーのゼッケンをつけて一〇〇キロの部に臨んだ真鈴だが、結果は途中棄権だった。

それでも、川崎の折り返しを回ったあと、ずいぶん時間はかかったけれども自力で歩いてスタート地点に戻った。

それを純一にメールで報告したところ、思いがけない返事があった。来年の完走に向けて、もしよろしければ個人レッスンをしてさしあげたいが都合はどうかという内容だった。

練習で忙しい純一の個人レッスンなんて、考えてもみなかった。びっくりした真鈴が母に相談してみたところ、もろ手を挙げて参加に賛成してくれた。だから、真鈴はいまこうして純一と同じ河川敷の道にいる。

幸い、梅雨の谷間の晴天になった。河川敷だからちょっと暑いが、まずは絶好の練習日和だ。

「はい、いいですよ」

右手を挙げて、純一は真鈴を出迎えた。

ひとわたりフォームのアドバイスは終わっていた。腰を高くして、腰の大転子と肩甲骨を使って楽に走るフォームを、純一はわかりやすく伝えてくれた。

「まだちょっと腰が落ちていますね。そこを直せばさらに良くなりますよ」

コーチ役の純一は白い歯を見せた。

「はい。あの……」

少し迷ってから、真鈴は思い切って言った。

「お手本を見せていただけますか？　そのうしろから、なぞるように走ってみたいので」

「ああ、なるほど、わかりました」

純一は快く引き受けてくれた。

「ゆっくり走りますから、肩甲骨の動きなどを観察しながらついてきてください」

「はいっ」

真鈴はまた元気よく答えた。

「じゃあ、行きましょう。三〇〇メートル走って戻ります。まずは、追い風に乗って」

千々和純一はそう言うと、最初の一歩を踏み出した。

*

風が吹いている。

わたしの背中にも、純一さんの背中にも、同じ追い風が吹いている……。

その風を心地よく感じながら真鈴は走った。

「肩甲骨の動きがわかりますか?」

首だけ曲げて、純一がたずねた。

「はい、わかります」

真鈴は同じ動きをした。いままで意識したことがない肩甲骨を動かしてみると、見違えるように走りが軽くなった。

「疲れてきたら、こうやって……」

純一は両手を大きく天にかざした。贅肉がどこにもない腕の動きが美しい。

「肩甲骨を絞るようにリラックスすると、また力がわいてくるでしょう」

「やってみます」

真鈴は笑みを浮かべて真似をした。

多摩川ウルトラマラソンの日、ちょうど同じところを一人でとぼとぼと歩いた。歩くだけでもつらくて、素直に折り返しでバスに乗ればよかったと後悔していた。

でも、あの日があるから、今日がある。

純一さんだってそうだ。

同じ河川敷の道を、かつては暗い顔で走っていた。世界中の重荷を一身に背負っているような顔つきで、この道を黙々と走っていた。

いまは違う。指示を送るコーチの声は弾んでいた。

「どうですか？」

ゆっくり走りながら、純一はたずねた。

「腰の位置を上げて走ってます」

真鈴が答えたとき、また背中を風が押した。

向かい風があれば、追い風がある。上りがあれば、下りがある。人が走っていく道はどこにでもある。

だが、いまの真鈴は純一の背中しか見ていなかった。

ささやかな奇蹟のように、この道があった。いま走っている、これからも走りつづけていくだろうひとすじの道だ。

世界中でここにしかない道がある。いまその道を走っている。大切な人の背中をしっかりと追いながら。

「じゃあ、残り一〇〇メートルだけ上げてみましょう」

純一が言った。

「はい、コーチ」

真鈴が答える。

「レディ……ゴー！」

そう言うなり、純一はピッチを上げた。

思ったより速かった。真鈴は懸命に後を追った。

少し間隔ができた。誇らしげなクリムゾンレッドのユニフォームの向こうに、梅雨の晴れ間の青空が広がっている。

その目にしみるような多摩川ブルーを見つめながら、真鈴はさらに走っていった。

しっかり腕を振って、一歩ずつ前へ。

［参考文献］

田中宏暁『賢く走るフルマラソン』（ランナーズ）
岩本能史『非常識マラソンメソッド』（ソフトバンク新書）
青山剛『どんどん走れる体になる！ 青山剛のスイッチ・ランニング』（高橋書店）
砂田貴裕『マラソンは「腹走り」でサブ4＆サブ3達成』（ソフトバンク新書）
みやすのんき『あなたの歩き方が劇的に変わる！ 驚異の大転子ウォーキング』（彩図社）
喜国雅彦『東京マラソンを走りたい』（小学館101新書）
志摩直人『風はその背にたてがみに』（廣済堂文庫）
ナターリヤ・ソコローワ、草鹿外吉訳『旅に出る時ほほえみを』（サンリオSF文庫）
多摩川自然情報館パンフレット
「古東整形外科」ホームページ
「茅ヶ崎のマルヤマ接骨院」ホームページ
「水都大阪一〇〇㎞ウルトラマラニック」ホームページ
「鳥取マラソン」ホームページ
「JAU日本ウルトラランナーズ協会」ホームページ
「ウィリエール・ジャパン」オフィシャルサイト

倉阪鬼一郎（くらさか・きいちろう）

1960年、三重県生まれ。早稲田大学第一文学部文芸専修卒。87年、短篇集『地底の鰐、天上の蛇』（幻想文学会出版局）でデビュー。97年、『百鬼譚の夜』（出版芸術社）で再デビュー後に専業作家となり、ホラー、ミステリー、幻想小説、時代小説など、200冊に迫る多彩な作品を発表。短詩型文学や翻訳なども手がける。マラソン小説に『湘南ランナーズ・ハイ』（出版芸術社）、『夜になっても走り続けろ』（実業之日本社）がある。全国のフルマラソン、ウルトラマラソン、トライアスロンに参加し、総完走数は100回を超える。フルのベストタイムは3時間39分00秒、ウルトラ100キロは11時間49分39秒。

永久のゼッケン
多摩川ブルーにほほえみを

二〇一九年三月一五日　第一刷発行

著　者　倉阪鬼一郎
発行者　松岡佑子
発行所　株式会社 出版芸術社
〒一〇二-〇〇七三
東京都千代田区九段北一-一五-一五 瑞鳥ビル
ＴＥＬ　〇三-三二六三-〇〇一七
ＦＡＸ　〇三-三二六三-〇〇一八
ＵＲＬ　http://www.spng.jp/

装画　野田あい
装丁　坂川栄治＋鳴田小夜子（坂川事務所）
本文デザイン・組版　アジュール
地図　中山けーしょー
印刷・製本　中央精版印刷株式会社

ISBN 978-4-88293-517-9 C0093